AF362364

INSTITUT DE FRANCE.

ACADÉMIE FRANÇAISE

DISCOURS

PRONONCÉS DANS LA SÉANCE PUBLIQUE

TENUE PAR

L'ACADÉMIE FRANÇAISE

POUR LA RÉCEPTION

DE M. LE Cᵀᴱ ALBERT DE MUN

Le 10 mars 1898

PARIS

TYPOGRAPHIE DE FIRMIN-DIDOT ET Cⁱᵉ

IMPRIMEURS DE L'INSTITUT DE FRANCE, RUE JACOB, 56

M DCCC XCVIII

INSTITUT DE FRANCE.

ACADÉMIE FRANÇAISE

DISCOURS

PRONONCÉS DANS LA SÉANCE PUBLIQUE

TENUE PAR

L'ACADÉMIE FRANÇAISE

POUR LA RÉCEPTION

DE M. LE C^{TE} ALBERT DE MUN

Le 10 mars 1898

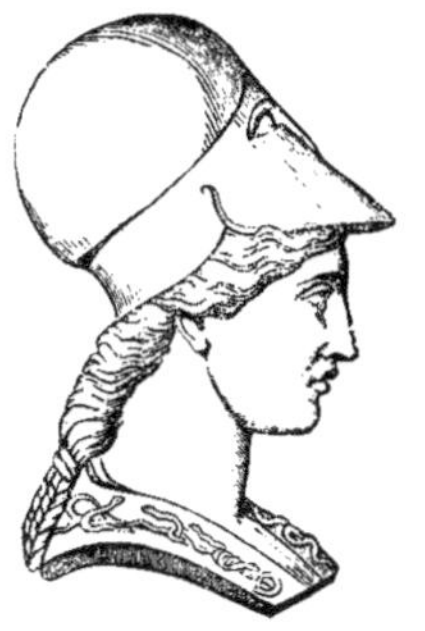

PARIS

TYPOGRAPHIE DE FIRMIN-DIDOT ET CIE

IMPRIMEURS DE L'INSTITUT DE FRANCE, RUE JACOB, 56

M DCCC XCVIII

INSTITUT.
1898. — 9.

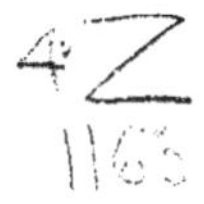

ACADÉMIE FRANÇAISE

———

M. le Comte ALBERT DE MUN ayant été élu par l'Académie française à la place vacante par la mort de M. JULES SIMON, y est venu prendre séance le 10 mars 1898 et a prononcé le discours suivant :

MESSIEURS,

Il y a deux ans, presque jour pour jour, une foule d'ouvrières, appartenant aux métiers de l'aiguille, remplissait la salle des conférences de la rue de Grenelle : c'était l'assemblée d'une société, récemment formée, sur l'initiative d'un grand patron de la couture, pour assurer, par des secours opportuns, la protection des jeunes mères, pendant leur chômage forcé. M. Jules Simon présidait la séance : quand les rapports eurent été lus, il prit la parole au milieu du silence : assis, la tête un peu inclinée, le regard presque éteint, il commença d'une voix basse et d'abord mal affermie : puis, s'animant par degrés, sans se lever, mais redressé dans son fauteuil, avec un geste rare, un timbre sonore et doux, il se laissa bientôt gagner par les pensées familières à son cœur ; et ce fut, pendant une heure, comme une mélodie où les souvenirs de cette longue vie se pressaient dans une harmonieuse confusion.

Deux mois plus tard, M. Jules Simon n'était plus. Il semblait qu'il eût le pressentiment de sa fin prochaine, et que, devant cet auditoire composé de ses clientes, en face d'une de ces libres associations dont il avait si longtemps appelé la naissance, il voulût jeter, sur son œuvre, un long et dernier regard.

Assis près de votre illustre confrère, je l'écoutais, ravi, plein d'admiration pour cette vieillesse toujours prête au labeur. J'étais bien loin de songer alors qu'un jour viendrait où votre bienveillance, en me donnant l'honneur d'occuper une place toute remplie de sa renommée, m'imposerait le devoir de le louer devant vous.

Ce jour est venu, grâce à votre indulgence, et, me trouvant en face d'une si grande mémoire, pourvu d'un trop modeste bagage, parmi tant d'hommes chargés du glorieux fardeau de leurs œuvres, je me sens à la fois pénétré de reconnaissance et rempli de confusion.

Je voudrais, du moins, entre toutes les qualités qui me font défaut, avoir, pour la tâche offerte à ma parole, l'autorité des souvenirs personnels.

Mais j'ai mal connu M. Jules Simon : car on peut, sans se connaître, se croiser dans le champ clos des luttes politiques, où les situations qui dominent les esprits élèvent entre eux d'infranchissables barrières, et Montaigne dit

bien « qu'il faut, pour juger à point d'un homme, le sur-
prendre dans ses à-tous les jours ». C'est là que je voudrais l'aller chercher, dans les entretiens où vous jouis-
siez de sa familiarité, et mieux encore, à ce cinquième
étage de la place de la Madeleine où, si longtemps, se
sont enfermées la modestie de sa vie, l'activité de son travail et la fidélité de ses affections. Ses écrits, sans doute,
en révélant son âme, laissent deviner ce qu'il fut pour
ceux qu'il aima. Mais l'intimité du cœur s'enveloppe d'un
voile qui demeure baissé, alors même qu'il s'entr'ouvre un
moment, et c'est pourquoi les jugements de la postérité
la plus proche sont trop souvent imparfaits ou trompeurs.

Cependant, M. Jules Simon est avant tout un homme
public; il l'est par ses doctrines et par ses œuvres, par ses
écrits et par ses discours, par sa politique et par sa philosophie. Son histoire est celle même de notre temps.

Il entra dans la vie au milieu des derniers témoins du
XVIIIᵉ siècle et de la Révolution, à cette heure déjà
lointaine où la philosophie, renaissant comme une décou-
verte nouvelle, enivrait d'enthousiasme la jeunesse avide
de penser, tandis que les luttes littéraires passionnaient les
imaginations ardentes, et qu'au bruit croissant des revendications sociales, la démocratie grandissait dans la
royauté bourgeoise. En ce moule qui reçut son adoles-
cence, il forma ses idées, ses doctrines et ses aspirations :
et, pendant trente ans, il leur demeura fidèle, jusqu'à ce
que, douloureusement atteint du spectacle de leur impuissance, spiritualiste dépassé par la logique de la foi, rationaliste débordé par celle de la négation, libéral renié par
les jacobins, réformateur suspect aux révolutionnaires, il

s'assît dans son rêve comme sur une ruine immortelle, portant sans fléchir sa couronne d'impopularité, cherchant au foyer des œuvres sociales le refuge de son activité dédaignée, et laissant aux hommes de son temps, pour testament de sa pensée, la triple affirmation de sa croyance en Dieu, de son amour de la patrie et de sa confiance en la liberté.

Mais avant de rencontrer le courant de 1830, qui l'entraîna définitivement, sa vie s'était alimentée à d'autres sources jusqu'où il faut remonter pour essayer de le comprendre. Nul n'échappe entièrement aux impressions de son enfance ; celle de M. Jules Simon et le pays où elle s'écoula, dernier asile du passé, marquèrent son âme d'une empreinte ineffaçable.

Il naquit, le 28 décembre 1814, rue du Port, 27, à Lorient. Son père était Lorrain, du département de la Meurthe, et petit marchand de draps : soldat sous la République, il avait quitté l'armée à l'époque du Consulat à vie : venu dans le même temps, à Lorient, il y épousa en secondes noces une Bretonne qui fut la mère, la « sainte mère » de votre confrère. Le père apportait l'esprit nouveau des marches de Lorraine : la mère gardait pieusement les traditions de la vieille Armorique. Ce double esprit devait, jusqu'à la fin, se combattre dans l'enfant.

Des revers matériels conduisirent bientôt la famille Simon à Saint-Jean-Brévelay, au plein cœur de la chouannerie encore vivante : ses souvenirs y sont de la veille ; ses héros sont dans tous les villages ; leur chef est obéi sur un mot porté de bouche en bouche : il s'appelle le « roi de Bignan », du nom de sa paroisse qui est à deux pas.

Jules Simon grandit là, en ce coin du monde si loin

du reste de la France, l'esprit éveillé, l'âme tendre, l'intelligence ouverte et curieuse, l'imagination ravie par la mystérieuse poésie des campagnes bretonnes : près de la vieille maison avec ses marches de pierre et sa fenêtre en ogive, il aime à courir parmi les bruyères violettes et les genêts d'or d'où sortent les rochers gris, ou bien à contempler, derrière les grands sapins dressés à l'horizon, le crépuscule rouge étendu sur la lande, tandis qu'il écoute, grave et recueilli, la cloche du soir, comme celle du poète florentin « pleurant le jour qui se meurt ».

Son père est triste et renfermé : sa mère est toute sa vie. Il est pieux comme elle, et, déjà, cependant, il se trouble : un jour, à la fête de Noël, il presse de questions le bon recteur de la paroisse, et sa réponse le rassure : « Tu crois que Jésus est là et qu'il est ton Sauveur : tu crois qu'il faut aimer et respecter ton père et ta mère ; tu crois qu'il faut faire aux autres tout le bien possible, parce que c'est la loi de Dieu. Qu'as-tu besoin de te mettre autre chose dans l'esprit ? » Bientôt le doute déchirera cette âme et la jettera dans l'angoisse ; personne, alors, ne lui répondra plus par un acte de foi. La science du recteur de Saint-Jean n'était-elle pas la meilleure ?

Mais l'heure décisive et douloureuse est encore loin. L'enfant est, d'abord, envoyé au collège de Lorient, où son plus grand plaisir est d'aller manger les admirables tartelettes de ce fameux M. Colasse qu'il nous a fait aimer, comme son garçon Colas et sa jument Colette, en nous contant si joyeusement son voyage à Paris.

Et puis, la situation de sa famille est devenue sans doute plus critique : un moment, il est question de le mettre en apprentissage : M. Jules Simon a failli être lui-même « l'ouvrier de huit ans » ! Il supplie, il demande un répit, il l'obtient : on fera encore un sacrifice et nous le retrouvons à Vannes, en pension chez les Lazaristes, d'où il suit les classes du collège communal-royal.

Ah ! ce collège de Vannes ! nous y avons tous passé, tant M. Jules Simon nous a promenés souvent dans ces salles basses, immenses et dallées, où l'on écrivait sur ses genoux sans tables ni pupitres, sous les yeux du régent grimpé par une échelle dans sa chaire en forme de tonneau, entre des murs nus et noirs soutenus au milieu par le fameux poteau, autour duquel, sur un signe du maître, les élèves allaient tout à coup, pour se réchauffer, danser, avec des cris perçants, une ronde frénétique. Nous en avons connu tous les maîtres, y compris ce professeur de physique, un peu improvisé, homme d'esprit cependant, sinon de science, qui jouait aux palets, en compagnie de ses élèves, avec les disques de la pile de Volta, et, quand, de la salle voisine, le professeur de rhétorique envoyait quelqu'un se plaindre du bruit, répondait fièrement du même ton que Mirabeau : « Allez dire à votre maître que nous sommes ici pour étudier les lois de la nature et que nous lui laissons toute liberté de faire ce qu'il voudra des lois de la rhétorique. »

Et, cependant, en dépit des salles basses et du pauvre enseignement, du syllogisme en baroco et en baralipton, de la philosophie de Lyon et du reste, votre confrère n'en parle qu'avec attendrissement, de ce vieux collège où, avec le latin, « on apprenait l'amour de Dieu, de la patrie et du prochain ». Là, son âme religieuse s'est épanouie dans la foi et la ferveur : là, aussi, et c'est peut-être ce qui l'attache le plus aux souvenirs de son enfance, là, il a reçu les nobles leçons de la misère.

Sa famille ne pouvait plus rien pour lui : il n'avait plus le moyen de payer sa pension chez le Père Daudé : c'en était fait de ses études, de son travail, de son avenir; le principal du collège eut pitié de lui et le recommanda à Mme Le Normand qui tenait la « psallette », c'est-à-dire la pension des enfants de chœur.

« J'avais là, dit-il, une chambrette sans feu, où mon lit, une chaise de paille et une petite table de bois blanc avaient bien de la peine à tenir... Je ne payais que 25 francs par mois tout compris, et, comme on m'avait exempté de la rétribution scolaire, mon budget ne s'élevait pour l'année qu'à 250 francs. »

Mais il fallait les trouver, ces 250 francs! Son professeur, M. Le Névé, lui procura des leçons, à 3 francs par mois, tous les jours; il eut huit élèves en deux séries de quatre : il avait quinze ans! « Je donnais, dit-il encore, ma première leçon le matin, de 6 heures et demie à 8 heures, et l'autre, le soir, de 6 à 7 heures. On me voyait passer dans les rues, en hiver, avec ma petite lanterne et une pauvre veste d'indienne, qui ne me protégeait pas contre le froid, le vent et la pluie. On m'a dit depuis que j'inspirais aux braves gens de la petite ville une sorte de respect. » Une sorte de respect! c'est un vrai, un très grand respect qu'il faut dire : car je ne sais rien de plus touchant que le courage de cet enfant, gagnant, avec sa vie, le droit de travailler et d'apprendre.

Je me suis attardé à ces souvenirs et je n'en ai pas de re-

gret ; ils furent pour votre confrère les plus chers compa-
gnons de sa vieillesse ; ses derniers écrits en sont pleins.
Depuis l'*Affaire Nayl* jusqu'aux *Mémoires des Autres*, dans
son *Petit Journal*, dans la *Revue de Famille* et la *Revue Con-
temporaine*, dans cette multitude d'articles rapides, de cau-
series charmantes, de récits pleins de verve et d'émotion,
jetés, sans compter, jusqu'à la fin, il y revient sans cesse,
comme on retourne à des lieux aimés. C'est l'invincible
nostalgie des cœurs bretons, peut-être aussi un secret besoin d'expliquer son âme. Un dernier trait l'achèvera de
peindre, à son entrée dans la vie.

En 1832, il était à Rennes, maître d'études au collège,
et se préparant à l'École normale. Écoutez ce qu'il écrivait, alors, à l'un de ses condisciples, surveillant au petit
séminaire de Vannes :

« Je me promène le soir dans mon dortoir : dans chaque
lit, un gros garçon, bel enfant le plus souvent, espiègle
en diable, quoique marmot, la face brillante de santé,
les mains toutes sales d'encre, dort et ronfle de tout son
cœur, sans penser à autre chose qu'à sa toupie et à ses
pensums, ou tout au plus à sa classe et à ses prix. Je me
rappelle souvent la galerie du milieu du grenier Daudé.
Là, nous n'étions pas tous deux chiens de cour : qui nous
l'eût dit alors ? Pour toi, tu ne fais pas une quatrième
étude, tu as affaire à des jeunes gens, tu les conduis par
la raison, tu es un heureux chien. Nous, nous mordons du
matin au soir. On fait du bruit : je regarde avec mes
yeux noirs. Une petite tête jolie sort de sous la couver-
ture : « Ce n'est pas moi, Monsieur, je vous assure. »
J'avais plutôt envie de l'embrasser ou de rire que de me

mettre en colère; bast. atroce métier! une heure d'arrêt à
Rivault pour parler sans nécessité. Il faut en passer par
là. On me reproche cependant de ne pas être assez sévère.
Voilà la police des collèges royaux. »

M. Jules Simon est tout entier dans cette lettre : quand
il écrira, quarante ans plus tard, la *Réforme de l'Enseignement secondaire*, les souvenirs du collège de Rennes paraî-
tront encore inspirer toute sa pédagogie.

En 1833, il fut admis à l'École normale. Le voilà donc,
à vingt ans, jeté dans ce milieu nouveau, et du premier
coup, saisi par l'enthousiasme de la philosophie. Il s'y livre
avec passion, mais, parmi ces transports, un drame se joue,
en lui-même, secret et profond.

Il a laissé, là-bas, au pays de Vannes, des amis dont
rien ne peut le détacher, deux surtout qu'il aime d'une
tendresse infinie. Il leur écrit, et ce sont des épanche-
ments d'une déchirante tristesse. C'est à eux qu'il pensait,
lorqu'il disait des âmes pressées du besoin d'aimer :
« Quand de telles âmes vivent isolées, il arrive que ces
tendresses dont le cœur surabonde se tournent en
aspirations vagues et bientôt en douleurs et en déses-
poirs. »

Sa vie est austère, il sort à peine, et pour voir sa sœur.
religieuse chez les filles de la Charité, pour entendre Lacordaire au collège Stanislas, ou pour rêver sous les voûtes
de Notre-Dame qu'il aime « comme Quasimodo »! La Bretagne le hante, et l'Océan, et les vieux clochers : il ne peut
y retourner, il est trop pauvre, qu'on lui en parle, du moins!
Il est « seul, triste et mélancolique », et cette solitude
et cette austérité, cette pauvreté de sa vie et ce regret

du sol natal n'expliquent pas sa tristesse. Il est plein de Dieu et il doute, voilà son mal.

« Nous n'étions, dit-il, ni voltairiens, ni catholiques. Nous étions incertains! Incertains avec le désir de croire! Nous étions, après tout, les seuls malheureux, ou, si ce mot blesse les catholiques, je dirai que nous étions les plus malheureux! »

Ah! certes, et que le mot est loin d'être blessant! certes! les plus, les seuls malheureux! Et quelle plus poignante histoire que celle de ces jeunes hommes, altérés de vérité, amenés, pour ainsi dire, jusqu'au bord de l'inconnu, par la contemplation de Dieu, de sa nature et de l'âme immortelle, et cherchant, dans le vide, où fixer leur croyance! Ils vont à leurs maîtres, et Jouffroy se dérobe ne sachant « s'il s'agit d'une inquiétude de surface ou d'une recherche passionnée » : ils vont à leur chef, et Cousin leur répond par des instructions hautaines et railleuses sur les relations qu'ils devront avoir avec l'Évêque, quand ils seront professeurs : et, ainsi heurtées, ne trouvant autour d'elles, qu'une doctrine indécise enveloppée par l'éloquence, ou voilée sous le despotisme intellectuel, ces âmes se replient, dans leur douleur, n'espérant plus que d'elles-mêmes la lumière et l'appui.

On dirait la lamentation d'Henri Heine : « Au bord de la mer, au bord de la mer déserte et nocturne, se tient un jeune homme, la poitrine pleine de doute, et, d'un air morne, il dit aux flots : Oh! expliquez-moi l'origine de la vie, la douloureuse et vieille énigme qui a tourmenté tant de têtes... Dites-moi ce que signifie l'homme, d'où il vient, où il va, qui habite là-haut au-dessus des étoiles dorées ? » C'est l'heure où, dans la chaire de Notre-Dame, le Père de Ravignan va laisser tomber ces paroles : « Et nous, Messieurs, nous croyons. »

M. Jules Simon était dans cette crise, quand, sorti de l'École normale en 1836, il fut nommé professeur de philosophie à Caen, d'où M. Cousin le tira bientôt pour l'appeler à Versailles. Là, il vécut dans son intimité, honoré de ses faveurs, introduit par lui dans la familiarité de M. Thiers et de M. Mignet, et comme imprégné de l'atmosphère intellectuelle et sociale qui rayonnait autour du maître. Ce fut la seconde et définitive formation de son esprit. Un an plus tard, M. Cousin le choisissait pour son suppléant à la Faculté des Lettres et, presque en même temps, le nommait maître de conférences à l'École normale. Il avait vingt-cinq ans.

La Sorbonne entendit alors, pour la première fois, cette parole souple et forte, qui, pendant dix ans, allait charmer la jeunesse, avant de soulever l'applaudissement des foules et des Assemblées. A l'âge où, pour tant d'hommes, la vie demeure encore obscure et inquiétante, M. Jules Simon franchissait, du premier pas, le seuil envié de la célébrité.

Comme pour payer tribut à la philosophie que le lui ouvrait, il voulut lui consacrer les premiers fruits de son travail, en écrivant l'histoire de l'École d'Alexandrie. Lorsqu'elle parut, en 1844, ses idées étaient faites et, quelle qu'eût été, sur son esprit, l'influence de M. Cousin, il ne l'avait pas subie tout entière.

Ce ne serait même pas assez dire, s'il en fallait juger par le livre que, plus tard, il a publié sur son ancien maître, et qui n'est guère, sous une apparente apologie, qu'une critique assez rude de son caractère. Il y raconte, en particulier, entre mille anecdotes piquantes, un incident qui eut, dit-on, dans leurs relations, un rôle décisif.

M. Jules Simon avait entrepris à Caen, puis à Versailles, une traduction du Timée, de Platon. M. Cousin la lui demanda : ce fut une grande joie. Tous les samedis, le jeune professeur venait coucher à la Sorbonne, apportant son travail de la semaine, aussitôt envoyé à l'imprimeur. Un jour, il arrive chez M. Cousin, à l'heure accoutumée : l'ouvrage venait d'être terminé. « Je le vois encore, dit-il ; il était sur son échelle, dans sa bibliothèque. Il se hâta de descendre pour me donner la main avec son affabilité ordinaire. — Comment vous portez-vous? lui dis-je. — Assez mal, me dit-il. Je suis fatigué. On ne saura jamais combien cette traduction du Timée m'a fatigué. » Puis, se rappelant tout à coup à qui il parlait : « Mais si fait, ajouta-t-il avec le plus grand sang-froid, vous le savez aussi bien que moi. » Le trait est amer et dut, sans doute, pénétrer jusqu'au cœur. Mais M. Jules Simon avait l'âme trop haute pour garder, d'une blessure involontaire, un incurable ressentiment.

Son éloignement de M. Cousin tenait à des causes plus profondes. Quand il le connut, ce n'était pas le philosophe qui paraissait d'abord en lui, c'était l'homme d'État, le véritable chef de l'Université, tout occupé de gouverner les âmes et les intelligences, de commander à son « régiment » de professeurs, et de concilier l'indépendance de ses doctrines avec les obligations orthodoxes de sa position. Il était l'expression d'une époque et d'un régime. C'était le temps, raconte M. Jules Simon lui-même, où, à la messe de l'École normale, un élève ayant, pour obéir à la consigne qui commandait d'avoir un livre, apporté un Lucrèce en guise de paroissien, le directeur, étonné de son application, le lui prenait des mains et, après l'avoir regardé gravement, le lui rendait, en lui disant tout bas : « Lisez plutôt l'édition de Bentley et Wakefield. »

On enveloppait d'une apparence religieuse une éducation qui ne l'était pas. Mais, sous ces dehors catholiques, on prétendait bien rester rationaliste, et l'embarras était grand, pour ces jeunes professeurs, formés dans le scepticisme, qu'on chargeait tout à coup d'enseigner la philosophie. Laquelle? Celle de M. Cousin? Comment la préciser? Son spiritualisme officiel n'y suffisait pas ; n'avait-il pas écrit, en citant un passage nettement panthéiste de Shelling : ce système est le vrai? Il voulait bien maintenir le concordat de la religion et de la philosophie, ces « deux sœurs immortelles », comme, après lui, les appelait M. Thiers, mais ce n'était qu'un accord extérieur : les contradictions du système éclataient aux yeux et troublaient les consciences. M. Jules Simon en était plus choqué qu'aucun autre ; il préférait à ces accommodements la lutte ouverte des idées.

Quand, prononçant devant vous l'éloge de M. de Rémusat, il mettait en scène la dispute d'Abélard contre Guillaume de Champeaux, on aurait cru, tant il s'animait à son propre récit, l'entendre lui-même glorifier l'autorité de la raison et revendiquer la liberté de la pensée.

C'est qu'il avait placé toute sa confiance dans l'une et dans l'autre. Il s'était approprié comme son bien la maxime de Descartes : « Je résolus de ne recevoir jamais aucune

chose pour vraie que je ne la connusse évidemment pour
telle », et, de cet appel à la seule raison naturelle, il avait
tiré toute sa philosophie, l'immortalité de l'âme et la vie
future, la liberté humaine et la notion du devoir, l'existence d'un Dieu créateur et la connaissance de ses attri-
buts. Il n'allait pas au delà : c'est un sujet de douloureux
étonnement qu'un esprit si religieux refusât cependant
d'accepter le secours de la révélation chrétienne, et n'aper-
çût pas qu'il est moralement impossible à l'homme d'y
renoncer pour toujours ou de s'en passer longtemps, s'il
ne veut rien perdre des conquêtes de sa raison.

M. Taine a écrit de Jouffroy qu'il dépensa toute sa force
à établir le système qu'on construit, en sortant du christianisme, celui du Vicaire Savoyard, et il ajoute : « Sur
vingt hommes qui pensent, il y en a dix-neuf qui, en quit-
tant leur religion d'enfance, tombent dans cette philosophie : elle n'est qu'un christianisme tempéré et amoindri. »
C'est à l'aide de ce débris, suivant la forte expression de
Sainte-Beuve, que M. Jules Simon va désormais essayer
de diriger, à travers les orages, les hommes de son temps.
« Nous étions lassés, dit-il dans sa notice sur M. de Rémusat, d'être en Grèce comme chez nous et en France
comme en visite. » La politique l'attirait, non qu'en la
hauteur de son âme, il y vît une carrière qui mène aux
honneurs, moins encore une profession qui mène à la richesse, mais parce qu'elle était le moyen, désormais le
plus puissant, de gouverner les hommes par l'empire des
idées. Pour cette grande ambition, ses opinions étaient
toutes prêtes. Il avait celles de sa philosophie. Rationaliste, il reconnaissait, dans la Révolution, la mise en œuvre

de sa doctrine : idéaliste, il aimait d'elle, surtout, ses rêves d'affranchissement et de liberté.

La Révolution française est, en ce siècle, le point de partage entre les hommes et la pierre de touche de leurs idées. Longtemps encore, elle conservera ce privilège redoutable, et ses conséquences politiques auront achevé de s'imposer aux volontés et aux mœurs, sans que son principe et son esprit aient cessé de diviser les âmes. C'est que, fille de la Réforme et de l'Encyclopédie, elle fut, par-dessus tout, une conception philosophique et sociale, l'une qui soustrait la société humaine à l'ordre surnaturel et ne donne à l'individu pour limite de son droit, que la loi sortie de sa propre volonté, l'autre qui, privant les citoyens de tous les liens naturels, rompus ou dénoués, ne laisse subsister, pour former la nation, que des isolés, impuissants dans leur liberté. Naturalisme et individualisme, tout le siècle a reposé sur cette double conception.

M. Jules Simon y retrouvait le principe de ses idées : mais il ne l'acceptait pas pleinement et sans contrôle. Son âme était trop religieuse pour s'abandonner à toutes les conséquences de la doctrine rationaliste. Son cœur était trop généreux pour qu'il se laissât aller à toutes les tentations de l'individualisme. Ainsi, comme tant d'autres, depuis cent ans, sa vie s'est dépensée dans ce rude labeur, de servir l'esprit de la Révolution et de combattre ses effets. C'est l'énigme de notre âge. Elle est posée depuis 1789.

M. Jules Simon fut un homme de ce temps-là : il en eut les illusions : il en connut aussi les déceptions. La grande promesse de liberté, trouvée dans son héritage, éveillait en son cœur des échos profonds. Il s'y attacha comme un soldat, à son drapeau, et livra pour elle tous les combats de sa vie publique. Tant de belles paroles, d'écrits magnifiques et d'actes courageux n'ont point suffi cependant, pour que cette revendication d'universelle liberté devînt une formule précise et propre au gouvernement des hommes. M. Jules Simon en a fait le douloureux aveu : « La liberté n'a eu qu'une heure. Depuis que nos pères l'ont proclamée pour la France et pour le monde, nous ne sommes plus occupés qu'à la restreindre. » Il le dit avec tristesse, mais il sait bien pourquoi : lui-même en a donné la raison, en une formule saisissante, dans son livre du *Devoir* : « La société n'est pas faite pour reposer sur un principe simple : la liberté ne lui suffit pas ; car la liberté, quand elle est seule, est un dissolvant. » La question se pose, aussitôt, de savoir si la liberté s'accorde, naturellement, avec une démocratie où l'extrême développement des droits individuels ne trouve pas son contrepoids dans la puissante organisation des forces sociales. L'expérience et la réflexion permettent, au moins, d'en douter.

M. Jules Simon aimait trop ardemment la liberté, pour hésiter entre les deux régimes où se peut incarner l'état démocratique, l'autorité d'un chef, et celle de la foule ; mais il l'aimait aussi trop sincèrement, pour ne pas voir en elle le bienfait principal d'un gouvernement républicain. Il fonda sur cette conviction toute sa foi politique.

La République qu'il rêvait était une demeure fermée à toute oppression, surtout à celle de la pensée, et largement ouverte à toutes les idées, à toutes les croyances, à toutes les opinions, où la jeunesse, éclairée par la science, grandirait dans la connaissance de Dieu et l'amour du devoir, où la morale, donnée pour règle à la vie publique comme à la vie privée, serait enseignée aux petits par l'exemple des grands, où le pouvoir, enfin, laissant à la raison le soin de gouverner les passions, n'aurait d'autre mission que de faire régner, entre les citoyens, la justice et la liberté. L'histoire dira ce qu'il advint d'un si beau rêve : il suffit à l'honneur de celui qui l'a formé d'y être jusqu'au bout demeuré fidèle.

M. Jules Simon s'était déjà fait un nom dans la presse, et deux fois, en 1846 et 1847, il avait, sans succès, tenté, dans les Côtes-du-Nord, l'épreuve du suffrage restreint quand la révolution de 1848, emportant d'un seul coup le trône et le régime de 1830, fit paraître, à leur place, le peuple armé soudain de la souveraineté. M. Jules Simon était prêt pour cette rencontre attendue. Ce fut encore le département des Côtes-du-Nord qui l'appela, et cette fois il fut élu.

Dès le lendemain, le triomphe de la liberté allait faire de lui un soldat de l'autorité. Au milieu des généreuses espérances dont son âme était pleine, il vit l'insurrection populaire se dresser devant lui : elle le trouva, à la tribune et dans la rue, au poste de combat marqué par son courage. Le devoir social et politique ne lui faisait pas, d'ailleurs, oublier son titre de professeur. Il était, toujours, en effet, suppléant de M. Cousin et, quand après une année de travail parlementaire acharné, il échoua, cependant, aux élections de 1849, ce fut à la Sorbonne qu'il retourna, comme au terme d'une campagne, un marin à son port d'attache. C'est là que le trouva le Coup d'État du 2 décembre 1851.

Sept jours après, M. Victor Leclerc, doyen de la Faculté des Lettres, lui demanda de rouvrir son cours, le premier, depuis l'événement. Le 9 décembre, à 3 heures, il entra dans la grande salle de la Sorbonne. Elle était comble. C'était la veille du plébiscite. M. Jules Simon prit la parole : « Messieurs, dit-il, je suis ici professeur de morale. Je vous dois la leçon et l'exemple. Le droit vient d'être publiquement violé par celui qui avait la charge de le défendre, et la France doit dire, demain, dans ses comices, si elle approuve cette violation du droit ou si elle la condamne. N'y eût-il dans les urnes qu'un seul bulletin pour prononcer la condamnation, je le revendique d'avance : il sera de moi ! »

La salle éclata en applaudissements frénétiques. La leçon fut arrêtée et le professeur sortit au milieu d'une enthousiaste ovation. Quelle que soit l'opinion des hommes, il faut saluer, dans un acte si fier, la hauteur du courage et la force des convictions. Car rien n'est plus grand qu'un ferme caractère et plus noble qu'une âme indépendante.

Le cours de M. Jules Simon fut suspendu. Au lendemain de cette dernière et éclatante leçon, il regarda la vie qu'il s'était faite, par sa retraite volontaire. Elle s'offrit à lui, dure et attristée. Son activité restait sans emploi : par surcroît, il était pauvre. Mais le philosophe vivait en lui, et, dans ce modeste logis de la place de la Madeleine qu'il habitait déjà, la plus tendre affection lui faisait un foyer plein de consolation et de joie.

La sérénité de votre confrère ne se démentit pas un

moment. Il sembla qu'il eût gravé sur son seuil, comme en son cœur, la maxime de Plotin : « Homme, de quoi te plains-tu? de la lutte? C'est la condition de la victoire. D'une injustice? Qu'est cela pour un immortel? » Si amère que paraisse l'épreuve, on serait presque tenté de la dire heureuse, puisqu'elle nous a valu ces beaux livres qui s'appellent le *Devoir* et la *Religion naturelle*.

Livres admirables pour ceux-là mêmes qui trouvent, dans leur fière obéissance à la foi chrétienne, mieux que dans l'apparente liberté des systèmes humains, l'affranchissement de leur esprit et la satisfaction de leur raison : livres de tous les temps, parce qu'ils enseignent le devoir et le sacrifice, opportuns à l'heure des enivrantes prospérités, où s'émoussaient, dans la jouissance, les caractères et les vertus, opportuns encore, quand les cœurs déshabitués des choses héroïques, se découragent de l'action, et consolent leur ennui dans le scepticisme railleur qui les distrait ou la vaine mélancolie qui les berce.

Et pourtant ces livres, d'une inspiration si haute et si pure, laissent dans l'âme une déception qu'il faut avouer. Les premiers chapitres du *Devoir* ont déroulé devant nous, dans une succession magnifique, les anneaux de la chaîne infrangible qui rattache l'homme à son Créateur et soutient sa liberté aux prises avec ses passions : parvenu là, en face du problème inéluctable de la destinée, sur ce sommet d'où l'œil découvre le mystère infini, notre esprit, conquis, n'attend plus qu'une conclusion précise, le dernier chaînon, faute duquel la chaîne tout entière va demeurer flottante! L'immortalité de l'âme est démontrée, la loi morale est proclamée! Quelle sera la sanction?

La philosophie rationaliste, si ferme en ses prémisses, hésite devant cette conclusion nécessaire : elle recule, elle se tait, et nous restons, indécis, dans le doute et l'obscurité. En vain nous offre-t-elle l'appui de la religion naturelle avec son Dieu, spectateur impassible de sa création, rempli, pour l'humanité, d'un amour impuissant et stérile, qu'elle nous défend d'invoquer pour la peine et pour le travail ! Car il faut davantage à la foule de ceux qui n'ont ni le savoir, ni le loisir de la philosophie, et à qui, depuis dix-huit siècles, le Juste crucifié apporte, dans l'épreuve, l'espérance et le courage. Cette foule, nous en sommes tous à quelque heure de notre vie : c'est à elle qu'il faut parler. Qu'allez-vous lui montrer, à la place de l'image divine, vous dont l'âme a connu tant d'angoisse, et comment voulez-vous qu'il prie, cet homme courbé sous le fardeau de sa misère ou de ses passions, ce malade épuisé par la souffrance, ce père brisé de douleur près du lit de son enfant, ce marin perdu dans la tempête sur vos côtes de Bretagne et qui lève ses mains jointes vers son clocher, debout, là-bas, sous l'orage ? Demandes téméraires, dites-vous ! Mais la vie en est pleine ! Ah ! prenez garde de faire taire, vous aussi, la « vieille chanson » : quand elle ne chantera plus dans les âmes, les ruines de la religion positive y auront pris tant de place qu'il n'en restera plus, même pour la religion naturelle.

De fait, c'est bien là qu'est le danger : l'esprit d'examen, dans son vain effort pour se soustraire à l'irrationnel, ne s'arrête pas aux frontières arbitraires où prétend l'enfermer la raison, et la masse, inhabile aux déductions métaphysiques, ne trouve, hors d'une religion positive, rien qui la défende des brutalités de la négation.

Ce siècle, en s'avançant dans les tempêtes, porté par le rationalisme comme sur une barque fragile, devait donc heurter l'inévitable écueil. Mais la violence du choc a réveillé les passagers surpris, et, déjà, soulevée par la force mystérieuse cachée dans ses flancs, la nef antique où flottent nos destins va, pour se délivrer du péril, tendre, en un effort instinctif, au souffle ranimé des croyances chrétiennes, ses voiles fatiguées.

C'est le grand fait de notre temps, chaque jour attesté dans les lettres et dans les arts, et comme la marque dernière des années où s'achèvent les centenaires illustres ; nulle part, elle n'apparaît avec plus d'éclat que dans la question de l'école et dans celle du travail, de toutes les plus profondes, parce que la vie de l'âme et celle du corps en dépendent.

M. Jules Simon avait un sentiment trop vif des besoins de son temps pour ne pas reconnaître qu'elles sont inséparables dans un État fondé sur le suffrage universel. Les souvenirs de 1848 ne l'avaient point quitté : le peuple, en sa victoire éphémère, lui était apparu avec ses aspirations idéales et ses emportements redoutables ; il l'avait vu, dans une soudaine réaction contre la richesse souveraine, livrer au socialisme, à cause de ses promesses de justice, son cœur tourmenté de rêves et de passions. Quand les emportements furent vaincus, il comprit que les aspirations demeuraient invincibles et que le socialisme défait gardait, en l'âme populaire, un foyer qui ne s'éteindrait plus.

L'instruction parut à votre confrère le premier des besoins du peuple ; il vit en elle le droit de tous les citoyens, la garantie de leur liberté, la sauvegarde même de leur sagesse, et puisqu'elle était le droit, il voulut que tous en pussent trouver les moyens, mis à leur portée par la société, sans que la négligence de la famille pût les en priver.

M. Jules Simon avait formulé ces idées à l'Assemblée de 1848; il les développa en 1864 dans un livre célèbre, l'*École*, qui expose tout le programme de l'instruction obligatoire; il les porta à la tribune, dès qu'elle lui fut rendue, puis dans le gouvernement, aussitôt qu'il l'exerça; livres, discours, propositions de loi et circulaires ministérielles, tous ses écrits sur l'enseignement primaire sont un commentaire de l'*École*. La législation moderne n'en est que l'application; tout y est, l'obligation, la gratuité, la neutralité elle-même, bien que ce soit précisément sur ce point que le désaccord ait éclaté, ardent, passionné, entre M. Jules Simon et ses continuateurs. En aucun sujet l'échec de la doctrine rationaliste ne devait être et ne fut, en effet, plus cruel : car les fondateurs de l'instruction laïque n'ont point borné leur logique à la neutralité confessionnelle et ils ont traité la religion naturelle comme la religion positive.

Rien de plus suggestif que les deux préfaces placées par M. Jules Simon en tête de la dernière édition de l'*École*. La première est de 1881; c'est un bulletin de victoire daté du champ de bataille. La seconde est de 1886, cinq ans plus tard; c'est un cri de douleur, de reproche et d'angoisse. Tout tient entre ces deux préfaces, les grands espoirs et les ambitions généreuses, les déceptions cruelles et les douloureuses protestations : elles forment en quelques pages un livre, tragique et profond, où s'écrit l'histoire de toute une génération. Les cinq années qui les séparent furent pour M. Jules Simon le temps des luttes suprêmes. Nous avons tous assisté à ses combats et à sa gloire. Il fut vaincu, et le poids de sa défaite a pesé sur notre temps ; mais sa parole est demeurée dans les âmes.

Dix ans ont passé, et voici qu'elle se réveille en échos imprévus. L'œuvre morale, née d'hier, ne semble déjà plus qu'une ruine portée sur des fondements chancelants : rien n'a remplacé le ciment divin et, du sein de la patrie inquiète de ses fils, une rumeur monte, toujours plus haute et plus pressante, qui demande pour eux un abri moins fragile.

Car l'heure vient où la démocratie, formée par l'école, va prendre, à son tour, possession du pouvoir et de formidables questions se dressent au devant d'elle, que, seule, peut l'aider à résoudre une loi supérieure aux passions des hommes.

M. Jules Simon les pressentait déjà, quand une rencontre avec M. Jean Dolfus l'introduisit dans le monde industriel. Il en vit, tout ensemble, les souffrances et la philanthropie, et, devant les magnifiques institutions créées par les patrons alsaciens, il aperçut, d'un coup, dans l'implacable loi de la concurrence, l'étendue du mal et l'insuffisance du remède. « Il y a, dit-il, dans notre organisation économique un vice terrible qui est le générateur de la misère, et qu'il faut vaincre à tout prix, si l'on ne veut pas périr, c'est la suppression de la vie de famille. »

L'*Ouvrière*, dont je cite ici la préface, est le commentaire de cette accablante accusation. Des enquêtes personnelles que M. Jules Simon alla faire avec une admirable conscience, en France et à l'étranger, il composa, dans ces pages cruellement vécues, le plus écrasant réquisitoire qui se puisse lire contre un temps si fier de ses progrès et si dédaigneux de ses devanciers.

D'autres enquêtes avaient précédé celle de M. Jules Simon; aucune ne fut plus décisive; d'autres enquêtes l'ont suivie, qui ne l'ont pas affaiblie. Elles sont d'hier : dans l'industrie, si la souffrance matérielle s'est amoindrie, le mal moral est demeuré sans remède : dans les petits métiers, rien n'a changé, et le problème reste debout, poignant pour qui l'a, une fois, aperçu, de savoir comment l'ouvrière isolée, livrée à toutes les incertitudes de la vie, à toutes les tentations de la rue, peut échapper à la misère ou au déshonneur.

« Le voilà, écrivait, il y a un an, M. Charles Benoist, en terminant son enquête sur les ouvrières de l'aiguille, le voilà, le cercle de douleur; voilà l'enfer dont on ne sait comment briser les portes! » Et pourtant, il le faut. Ce n'est pas assez de saluer avec respect celles qui échappent, à force de courage et de vertu, au cercle fatal; celles-là, ce sont les exceptions. Il faut les admirer, mais il faut sauver les autres. La société n'a pas le droit de se résigner à leur sort : car ce sont les victimes des inexorables lois que donnent à l'homme le développement de sa richesse et la satisfaction de son luxe.

Lois naturelles, dit-on, que la loi humaine est impuissante à désarmer! M. Jules Simon, cependant, ne consentait pas à les subir, si épris qu'il fût de la liberté et si confiant qu'il se montrât dans l'initiative privée. Trente ans après la publication de l'*Ouvrière*, donnant une nouvelle préface à son livre réédité, il y écrivait ces lignes

si fortes : « Le sang de la France s'écoule et s'épuise.
Nous sommes en présence d'une hécatombe de vies humaines. Je supplie les patriotes et les philanthropes d'y penser. Il ne faut pas confondre la liberté avec l'inhumanité. »

« Ne pas confondre la liberté avec l'inhumanité ! » Parole
féconde qui contient en germe toute la réforme sociale ! Par
elle, l'homme apparaîtra désormais, dans le travail, non plus
comme un instrument mécanique dont la force s'achète
ainsi qu'une marchandise, mais comme une créature divine
dont les droits et la dignité sont supérieurs à tous les
contrats, et il faudra, par un effet inéluctable du principe
ainsi proclamé, que la loi vienne, au nom de la justice,
prévenir, dans les conventions réciproques, les abus de la
liberté absolue.

M. Jules Simon, libéral convaincu, pressé par la réalité
des faits et la générosité de son cœur, fut donc, en notre
temps, l'un des fondateurs de la législation sociale. C'est
elle dont il ira, au déclin de sa vie, plaider la cause devant
l'Europe assemblée, fier de montrer à ceux qui l'avaient
crue morte, la France, protectrice des faibles, toujours
vivante et fidèle à son génie.

L'individualisme, atteint ainsi d'une première défaite par
les conclusions de l'*Ouvrière*, en subit une seconde et plus
décisive, que M. Jules Simon avait encore préparée, par
un autre livre où s'achève l'exposé de ses idées sociales :
le *Travail*. « Il ne s'agit pas, dit-il, de gémir sur les nouvelles aspirations des travailleurs : elles existent : on ne
les supprimera pas : » et, comme il voit, autour de lui,
l'entreprise capitaliste remplacer partout l'ancienne forme
du patronat, comme, entre elle et ces travailleurs iso-

lés qui réclament des droits sacrés, il n'aperçoit debout
que l'État dont il redoute d'accroître la puissance, son
esprit clairvoyant et sincère ne trouve qu'un refuge
assuré, c'est l'association. Il montre en elle le moyen légi-
time d'agir sur le contrat du travail, par la grève et la
coalition ; ce sera, bientôt, au Corps législatif, le thème et
l'occasion d'un de ses plus fameux discours ; il énumère
tous les fruits qu'elle peut porter, et, les pressant jusqu'au
bout, il lui demande enfin de changer radicalement la condition de l'ouvrier, en remplaçant le salaire par le bénéfice !

Tout est dit : l'œuvre économique de 1791 est renver-
sée : et qu'importent les restrictions libérales et les ana-
thèmes contre les institutions du Moyen Age? Le régime
de l'association est proclamé. Vingt ans plus tard, les
mœurs le ramèneront dans la loi. Dès lors, rien ne l'ar-
rêtera plus. Il se développera comme l'individualisme
avant lui, en brisant toutes les résistances par la force de
son principe, jusqu'à ce que, dans une nécessité d'ordre
public, la corporation, qui est l'association organisée,
sorte du conflit des intérêts coalisés, pour tirer de l'anar-
chie la société démocratique.

Ainsi, par une irrésistible évolution, les idées anciennes
reparaissent avec des besoins nouveaux, et ce n'est pas la
moindre surprise de notre temps que ce retour aux
conceptions sociales du XIII⁰ siècle, ramenées sous
d'autres formes, parmi les héritiers du XVIII⁰, par l'excès
même de ses doctrines individualistes.

Aucune révolution plus profonde ne s'est annoncée depuis cent ans : la question n'est plus de l'arrêter, mais de
savoir quelles forces morales la conduiront : notre avenir

en dépend. Pareille à la nuée, obscure et inquiétante, elle porte, en sa marche rapide et assurée, le secret des moissons prochaines, le déluge fécond qui rajeunit la terre ou l'orage stérile qui la laisse dévastée.

M. Jules Simon ne découvrait pas, sans doute, aux idées qu'il jetait dans ses livres, des conséquences sociales si contraires aux tendances de son esprit : d'autres et de plus prochaines visées absorbaient alors sa pensée. L'action politique l'avait ressaisi tout entier, le philosophe faisait place à l'homme de parti. Il demandait la liberté absolue d'association, comme celle de la presse, comme l'instruction obligatoire, comme la suppression de l'armée permanente, afin de faire disparaître ce qu'il appelait les « trois obstacles : l'isolement, l'ignorance et la baïonnette », qui s'opposaient au triomphe de la « politique radicale ».

C'est sous ce titre qu'il a réuni ses principaux discours, résumés dans une préface où il explique comment il est radical. Cela voulait dire qu'il était radicalement libéral, et, sous un gouvernement d'autorité, ce radicalisme de liberté, soutenu par une captivante éloquence, valait à M. Jules Simon une éclatante popularité non seulement parmi ceux qui souffraient de l'autorité, mais parmi ceux, aussi, qui croyaient en souffrir. Ainsi porté par une faveur grandissante, M. Jules Simon fut, en 1863, élu député de Paris au Corps législatif.

Ce n'était pas peu de chose que de paraître éloquent, dans une assemblée où les orateurs de l'opposition s'appelaient, pour ne nommer que des morts, Berryer, Thiers et Jules Favre. M. Jules Simon marqua, cependant, du premier coup, sa place entre ces maîtres de la parole. Il

avait, dans la chaleur contenue de sa voix et dans ses éclats
imprévus, dans la pureté de sa diction et la savante expression de son geste, une irrésistible séduction, dont s'en-
veloppaient, en une forme toujours noble et mesurée, des
idées hautes et généreuses, appuyées d'une étude appro-
fondie.

Ses écrits annonçaient ses discours : et dans l'ardeur
des luttes politiques, le philosophe apparaissait encore,
livrant sa parole au rêve d'une société idéale, où la raison
souveraine resterait, en dépit du conflit des opinions, toujours maîtresse des passions humaines.

Les élections de 1869 ramenèrent M. Jules Simon au
Corps législatif : son influence était immense dans son
parti : il était populaire, il avait connu les faciles triomphes
de l'opposition ; il allait apprendre ce qu'il en coûte de gouverner les hommes.

L'heure tragique est venue ! Ne m'ordonnez pas de m'y
arrêter : il faudrait juger et le soldat qui vit en moi, le cœur
gonflé de souvenirs, ne pourrait le faire librement. Je ne
veux avoir ici pour les hommes, ni regards, ni pensées :
au-dessus, bien au-dessus d'eux, une image est dressée qui
fascine mes yeux, spectre magnifique dont la taille, à chaque
pas, se hausse dans le recul du temps ; c'est la France,
découronnée de sa vieille armée, debout cependant, toute
crispée en sa souffrance héroïque, et, sur les champs gla-
cés de la Loire ou de l'Est, entre les murs implacables de
Paris bombardé, raidissant ses membres brisés, pour sauver son honneur dans des combats sans espérance. Elle
seule est grande ! Depuis un quart de siècle, nous vivons de
cette illustre agonie, germe inépuisable d'espoirs invaincus.

Sur la voie douloureuse où elle se traînait, M. Jules Simon porta le fardeau de sa renommée et la solidarité de son parti. De l'Hôtel de Ville de Paris à la préfecture de Bordeaux, devant l'émeute impatiente des chefs qu'elle s'était donnés la veille, comme dans l'angoisse du débat suprème ouvert au chevet de la patrie mourante, il fut semblable à lui-même, courageux et fidèle à ce qu'il crut être son devoir.

Tel il fut encore quand parut, en cette douleur qui semblait comblée, l'ignominie dernière des déchirements impies. M. Jules Simon, ministre de l'Instruction publique après le 4 septembre, conserva ses fonctions, lorsque l'Assemblée nationale eut confié le pouvoir exécutif à M. Thiers, et, le 18 mars, dans le rayonnant crépuscule jeté comme une ironie du ciel sur cette funèbre journée, il suivit le flot lamentable qui, de Paris à Versailles, roulait, parmi des débris d'armée, l'épave d'un gouvernement. Lorsqu'il parvint au terme, glacé par la fatigue et par la nuit, M. Thiers, arrivé quelques heures plus tôt, le reçut avec le mot du César expirant : « Travaillons ! »

De ces jours désolés ne retenons que cette parole virile. Elle dit assez ce qui fut l'honneur de tous, en ces temps d'écrasantes responsabilités. Leur histoire est la nôtre, nous ne pourrions l'écrire qu'avec des passions.

M. Jules Simon a tenté de le faire en quatre volumes qui vont de la chute de l'Empire à celle de M. Thiers. Ce sont les dépositions d'un témoin, précieuses pour la postérité, insuffisantes cependant à son jugement définitif. Pour nous, qui ne saurions les lire qu'à travers d'autres souvenirs et d'autres émotions, ils nous apportent, à défaut d'une satisfaction historique, un grave enseignement.

Car le destin s'y montre, avec sa rigueur étrange, de ce philosophe épris d'une religieuse confiance en la raison souveraine, haïssant la guerre et la violence, espérant tout de la liberté, porté par la parole au sommet de la popularité, et, soudain, tenant, de cette popularité même, le funeste présent du pouvoir, à l'heure où, dans le bruit des batailles et l'emportement des colères, la raison reste sans voix, l'éloquence est sans vertu et la liberté sans pudeur. Cruelle surprise, que M. Jules Simon éprouva durement !

La paix lui réservait d'autres amertumes. Quand il voulut, à son abri, commencer enfin la tâche imposée par ses idées, il trouva devant lui la toute-puissante opposition des idées contraires. Les lois de neutralité scolaire, toutes prêtes en son esprit et, dès qu'il le put, soumises à l'Assemblée, heurtaient trop directement l'opinion de la majorité pour qu'elle pût les accueillir. La question profonde de l'éducation populaire suffisait à mettre aux prises des hommes éloignés par de si larges dissentiments; mais d'autres et de plus flagrants désaccords les séparaient, qui précipitaient chaque jour une rupture, différée par le commun souci de la patrie envahie. M. Jules Simon quitta le pouvoir quelques jours avant M. Thiers : il le quitta, sans avoir gouverné, s'il est vrai que gouverner c'est appliquer ses idées.

Lorsque, plus tard, il y reparut, leur heure était passée. Entre ses adversaires, tout frémissants d'une grande espérance encore inconsolée, et ses amis pressés d'achever une victoire si longtemps incertaine, la concorde était impossible. M. Jules Simon tenta cependant cette vaine expérience. Suspect aux deux partis, il devait succomber dans leur choc inévitable.

Mais son âme ignorait les découragements amers. Dans un discours prononcé à la séance publique annuelle des cinq académies le 24 octobre 1871, la première après les grands désastres, il avait dit en finissant : « Soyons comme un voyageur tombé dans un précipice, qui ne perd pas de temps à gémir ou à se désespérer, mais commence sur-le-champ à remonter vers la lumière, ne comptant que sur la justesse de son esprit et la fermeté de son cœur! » M. Jules Simon fut cet indomptable voyageur.

La revanche de ses opinions l'atteignit d'un coup plus douloureux que leur passagère défaite ; car, dans leur victoire, il vit avec stupeur la liberté des âmes enchaînée derrière elles et traînée comme une captive. La gloire l'attendait là. Elle est faite, avait-il dit, « de malédictions et de cris de triomphe ». Quand elle s'offrit à lui, ce fut enveloppée d'angoisse : le chemin qu'elle lui montrait était bordé de ses ennemis, et ses amis les plus chers, pressés autour de lui, le conjuraient de s'arrêter. Il ne vit ni ses ennemis, ni ses amis : les yeux fixés sur la conscience opprimée, il marcha droit à elle et, par la voie royale du devoir, que jadis avait tracée sa main, il entra, la tête haute, dans l'impopularité.

Rien ne manquait désormais à sa vie. Il n'avait plus, comme parle Lacordaire, qu'à « descendre, par une pente rapide, aux rivages de l'impuissance et de l'oubli », incapable cependant de s'y laisser porter dans une molle inaction.

La politique, qu'il avait tant aimée, ne lui semblait plus qu'un spectacle douloureux. Mais les lettres et la charité restaient des foyers toujours ouverts à son esprit et à son cœur. Votre Compagnie l'avait reçu le jour même où le Sénat lui offrait une tribune, qu'allait illustrer son impérissable amour de la liberté. Il donnait à vos travaux tout le temps que lui laissaient les œuvres philanthropiques où son activité se consolait des affaires publiques, en soulageant la souffrance et la pauvreté. Entre toutes, la préférée de son dévoument fut cette « Union française pour le sauvetage de l'enfance abandonnée » qu'un de vos poètes les plus aimés a chantée en des vers attendris :

> Sur cette âme sans jour, sans feu, plus qu'orpheline,
> La tutrice au grand cœur, la Charité s'incline
> Et sa flamme y rallume un céleste rayon.

A cette flamme, M. Jules Simon réchauffa, dix ans encore, sa vieillesse infatigable, jusqu'au moment où, plein de jours et de labeur, il vit venir à lui le grand mystère que son âme avait, si longtemps, interrogé et que, peut-être, l'aidèrent à regarder sans trouble les souvenirs de sa jeunesse accourus en foule à son appel.

Un âge entier descendait avec lui dans l'histoire, laissant à d'autres générations le fardeau de la société nouvelle dont il a souffert le rude enfantement. Et voici qu'à cette heure incertaine, entre les temps qui finissent et les temps qui commencent, se lève une étonnante vision, aube déjà naissante dans le soir où nous entrons.

Le Christ, répudié par ce siècle expirant, apparaît sur sa

tombe, tel que le vit l'antiquité païenne, les mains tendues
versles deshérités, avec des promesses d'amour, de paix
et de justice, et, sur le berceau du siècle nouveau, la voix
retentit, oubliée de la foule, qui fit descendre vers elle le
grand cri de l'éternelle pitié.

M. Jules Simon l'entendit passer dans le ciel assombri
d'orages, tandis qu'il donnait au peuple les énergies dernières de son âme attristée; et reconnaissant le divin mur-
mure dont se berçait son enfance, il redit sans doute, en
son cœur agité d'inquiétude et d'espoir, le chant des pa-
triarches, attardés à l'aurore, près du puits où la Samaritaine allait recevoir les paroles immortelles :

> Je baise dans cet air, d'avance,
> La Voix qui le fera vibrer (1).

---

(1) M. EDMOND ROSTAND. *La Samaritaine.*

RÉPONSE

DE

M. LE COMTE D'HAUSSONVILLE

DIRECTEUR DE L'ACADÉMIE

AU DISCOURS

DE

M. LE COMTE ALBERT DE MUN

Prononcé dans la séance du 10 mars 1898

Monsieur,

Avez-vous gardé le souvenir de certaine après-midi du mois de mai 1871, où nous nous sommes séparés, vous et moi, non sans émotion, moi pour aller remplir mon modeste devoir de député à l'Assemblée nationale, vous pour aller rejoindre votre corps d'armée dont vous veniez d'apprendre inopinément l'entrée dans Paris, encore aux mains de la Commune? Il me surprendrait que ce souvenir fût complètement sorti de votre mémoire, car, ou je me trompe fort, ou les spectacles dont vous avez été témoin, cette après-midi et les jours suivants, ont exercé sur votre vie une influence décisive.

Vous reveniez de captivité. Lieutenant au 3ᵉ régiment de chasseurs, vous aviez pris part à la défense de Metz, et vous aviez suivi la fortune de cette solide armée dont le désastre — non pas la débâcle — vient de nous être conté de si dramatique façon, et à qui son héroïsme, avec un autre chef, aurait assuré un meilleur sort. Prisonnier dans une ville d'Allemagne, vous aviez suivi avec angoisse les phases de la résistance que le pays soulevé opposait à l'invasion. Votre cœur avait tressailli de fierté lorsque l'écho des canons, qui, du haut des remparts et des forts de Paris, renvoyaient aux Allemands boulets pour boulets, était parvenu à vos oreilles. Vos yeux s'étaient mouillés de larmes en lisant, jusque dans les feuilles étrangères, le récit de cette journée de Loigny où les volontaires de l'Ouest, parmi lesquels vous comptiez plus d'un ami, tombaient, se passant, de main en main, de père à fils, la bannière sacrée. Sans doute, la capitulation de Paris et la signature d'une paix désastreuse avaient été pour vous une déception cruelle, mais votre patriotisme attristé n'en avait point ressenti d'humiliation, et vous pensiez déjà ce que pensera, je crois, l'équitable avenir, que cette résistance désespérée, poussée si l'on veut jusqu'à la folie, n'en avait pas moins sauvé aux yeux de l'Europe et de l'histoire l'honneur de la France vaincue.

Cette France où vous rentriez avec l'ardeur et la joie d'un exilé, vous vous attendiez à la trouver toute au regret et à la réparation de ses fautes, unie et réconciliée dans le repentir et dans l'espérance. Vous la voyiez au contraire déchirée, sous l'œil railleur de l'ennemi, par une insurrection dont le crime n'a point d'égal dans notre histoire.

Paris, la courageuse ville, dont le front vous apparaissait de loin entouré d'une auréole de gloire, s'était laissé asservir par une coterie de barbares qui, après avoir livré aux flammes les plus beaux monuments de son histoire, allait rougir du sang le plus pur un sol que l'ennemi n'avait point souillé. Il fallait arracher la noble cité à leurs mains ineptes et déjà sanglantes. Votre devoir de soldat ne souffrait pas d'hésitation, mais c'était avec désespoir que vous tiriez contre des Français l'épée que, pour la première fois, vous auriez voulu laisser au fourreau, et vous assistiez, l'âme navrée, aux rigueurs d'une répression dont certaines indulgences étranges non moins que certaines revendications audacieuses ont démontré depuis lors la cruelle nécessité.

Ces drames de sang auxquels vous aviez été mêlé de trop près, avaient produit sur vous une impression que rien ne pouvait détruire. Tout en exécutant sans défaillance votre consigne de chaque jour, vous en étiez demeuré comme accablé, et vous ne pouviez prendre votre parti de vous voir ainsi campé dans la capitale de la France, comme dans une ville prise d'assaut. Le trouble où vous étiez plongé ne vous laissait apercevoir clairement aucun remède à tant de maux réunis, et peu s'en fallait que votre douleur ne désespérât de la patrie; douleur la plus amère de toutes, car elle est de celles qui ne veulent point être consolées.

Ce fut alors que le hasard (s'il faut attribuer ces rencontres au hasard) vous mit en relations avec un de ces humbles Frères comme Paris en cache beaucoup, qui ne vont point porter dans les réunions publiques ni dans les congrès démocratiques une parole retentissante, mais qui n'en sont pas moins de véritables amis du peuple, car ils lui consacrent en silence toutes les heures de leur modeste vie. Avec l'aide de quelques hommes de bien, en particulier de M. Augustin Cochin, dont je suis heureux de prononcer ici le nom, aujourd'hui encore si bien porté; ce Frère avait fondé, plusieurs années avant la guerre, dans le quartier Montparnasse, un cercle populaire où un assez grand nombre d'ouvriers avaient pris l'habitude de venir passer leurs soirées ou leurs dimanches. Dans les conversations familières qu'il nouait avec eux, il avait cru pénétrer leurs sentiments véritables, et, d'après ces ouvriers qu'il fréquentait, il croyait pouvoir juger du peuple de Paris.

Il disait avec émotion « que ce peuple était bon, plus égaré que coupable, et plus facile à convertir qu'on ne le pensait; qu'il ne fallait pour cela qu'aller à lui et lui parler à cœur ouvert; mais qu'au lieu de lui tendre les bras, ceux qui avaient charge de son âme et de son corps se détournaient de lui avec terreur ». Il vous parlait ensuite de son cercle « humble fondement, disait-il, d'une œuvre gigantesque qui serait l'œuvre du salut », et il ajoutait : « Mais je suis seul, et que puis-je faire! Ah! si vous veniez avec moi, si nous trouvions encore quelques hommes, nous ferions la conquête de la France, et nous la jetterions aux pieds de notre Dieu. »

Ces touchantes et chrétiennes paroles trouvaient pour germer dans votre âme un terrain bien préparé. Elles réchauffaient en vous la foi jamais oubliée de votre enfance, et répondaient en même temps à vos angoisses de

l'heure présente. Aussi la semence y levait-elle prompte-
ment, et, à quelques jours de là, réuni avec le vieux
Frère et trois amis dans une petite chambre d'ouvrier,
vous faisiez le serment solennel de consacrer désormais
votre vie au service de deux causes inséparables à vos
yeux : la cause de l'Église et celle du peuple.

Ce serment, Monsieur, vous l'avez tenu. C'est l'honneur de votre vie privée et de votre vie publique. Celui
auquel revient aujourd'hui l'agréable tâche de vous souhaiter la bienvenue aime mieux vous rendre cet hommage
que vous adresser, de prime abord, sur votre éloquence
des compliments dont la banalité vous lasserait, tant vous
les avez de fois entendus. Il lui plaît de dire que, si digne
d'admiration que soit l'orateur, il y a quelqu'un en vous
digne de plus d'admiration encore, c'est l'apôtre. Depuis
le jour, en effet, il y a de cela vingt-sept ans, où, plus ému
d'entendre, pour la première fois, retentir dans le silence
général le son de votre voix, que d'entendre siffler à vos
oreilles la première balle, vous avez prononcé au cercle
catholique de Montparnasse votre discours de début, vous
avez bien rarement pris la parole que ce ne fût pour défendre l'une ou l'autre de ces deux causes, les plus nobles
qui soient au monde. Chez vous c'est l'apôtre qui a toujours inspiré l'orateur, qui l'a guidé de Lille à Romans,
de Vannes à Reims, qui a entretenu son infatigable ardeur
et lui a soufflé ses plus beaux accents. C'est à cette unité
de pensée et de vie qu'il faut demander le secret de l'influence que vous avez exercée de notre temps. L'éloquence
ne serait en effet qu'un art méprisable, une pure jongle-
rie de mots, si elle n'était au contraire le plus puissant

moyen d'action. Mais il faut que, sous la parole, on sente une conviction, et, chez l'orateur, un homme pour qui la parole n'est que le moyen, pour qui le but est tout, un homme enfin prêt, pour assurer le succès de la cause qu'il défend, non seulement à tous les efforts, mais à tous les sacrifices. C'est, Monsieur, parce qu'on sent cette conviction et qu'on devine cet homme en vous, que vous produisez toujours sur tous ceux qui vous entendent une impression si vive. Cette impression, on la ressent même à travers le papier, en lisant vos discours, tout dépouillés qu'ils soient de ce qu'y ajoutent la voix et le geste, ces qualités secondaires mais indispensables de l'orateur que vous possédez à un si haut degré. Je craindrais de rabaisser ces discours en ajoutant que, par la pureté de la forme, par le choix des expressions, par la composition, par l'ordonnance, ce sont encore de véritables œuvres d'art, car ce sont avant tout des actes de foi à l'appui desquels vous pouvez produire le témoignage d'une existence tout entière. Il vous appartenait de démontrer qu'il y a quelque chose de plus entraînant que la parole, c'est l'exemple, et de plus éloquent que l'éloquence, c'est le dévouement.

D'où est née chez vous, Monsieur, cette double vocation d'apôtre et d'orateur? En le recherchant, je n'ai pu me défendre de céder à cette mode du jour qui n'accorde rien aux dons de l'individu, et qui veut tout expliquer par l'hérédité. Aussi en ai-je demandé tout d'abord le secret à la race dont vous sortez. Mais je dois avouer que mes recherches ont été totalement infructueuses. Vos ancêtres, gentilshommes du Bigorre, dont l'un fut aux Croisades,

ont assurément, au cours de leurs vies batailleuses, al-
longé plus de coups d'épée qu'ils n'ont prononcé de
discours. Il était bien fidèle à leurs traditions celui
d'entre eux qui, en vrai cadet de Gascogne, vint chercher fortune à la Cour de Louis XV, et conquit à la pointe
de son épée le grade de maréchal de camp; ou, s'il y
manqua tant soit peu, ce fut en épousant la fille du
fermier général et philosophe Helvetius, dont le livre de
l'*Esprit* fut censuré par la Sorbonne, et en partageant aux
débuts de la Révolution les illusions de la noblesse libérale. Votre grand-père paraît avoir été surtout un brillant
cavalier, car, à peine rentré de l'émigration où il avait été
entraîné par son père, il faillit épouser, celle qui devait
être un jour la mère de Napoléon III, la séduisante Hor-
tense de Beauharnais dont il avait tourné la tête. Enfin
votre mère, cette exquise Eugénie de La Ferronnays, que
les *Récits d'une sœur* nous ont appris à aimer, y apparaît
plutôt craintive, comme enveloppée d'un voile de mélancolie. En vérité, Monsieur, j'ai beau chercher, je ne saurais découvrir en vous la moindre parcelle d'atavisme. On
peut même se demander si les opinions que vous professez
aujourd'hui étonneraient davantage votre aïeul le philosophe ou votre aïeul l'émigré? La vérité, c'est que vous
ne devez rien qu'à vous-même, à moins que ne revive en
vous, par un de ces jeux pleins de mystères où se plaît la
nature, l'âme de celui de vos ancêtres qui choisit un jour
pour armes un globe surmonté d'une croix, et pour devise
ces deux mots : *Nil ultra*. Rien au-dessus.

Rien au-dessus de la Croix! Rien au-dessus de l'É-
glise. Telle a été en effet, Monsieur, la devise de votre

vie. Aux intérêts de l'Église, tels que vous les avez compris, vous n'avez jamais rien préféré, et vous avez su faire, dès que vous avez embrassé sa cause, le sacrifice qui pouvait vous coûter le plus. Pendant trois ans vous aviez donné le spectacle original d'un conférencier en épaulettes, d'un dragon orateur, qui portait dans des réunions populaires une parole ardente, respectueuse des personnes, mais peu ménagère des doctrines. Ce rôle était difficilement compatible avec la présence dans les rangs de cette armée qu'on a eu raison d'appeler la grande muette, qui doit le demeurer toujours. Vous l'avez compris, et librement, spontanément, vous avez donné votre démission. Mais vous l'avez fait avec regret, presque avec douleur. Le sacrifice auquel vous consentiez n'était pas médiocre en effet. Si vous étiez demeuré au service, plus d'une perspective brillante s'ouvrait devant vous. Rapidement vous auriez pu devenir un de ces jeunes colonels dont les aventures romanesques défrayaient autrefois le répertoire de M. Scribe. Vous aviez tout ce qu'il fallait pour cela. Aujourd'hui, sans nul doute, vous seriez plus et mieux. Comme plusieurs de vos camarades de promotion, vous compteriez déjà au nombre de ces généraux en qui la France met une confiance qu'on ne parviendra pas à ébranler, sentinelles vigilantes de sa sécurité, gardiens silencieux de son honneur. En un jour, vous avez sacrifié tout cela : mais ce que vous avez regretté, ce n'est pas le grade, c'est le métier, car vous étiez soldat dans l'âme. Au fond vous l'êtes toujours resté. Du soldat, vous avez conservé en effet la droiture, la hardiesse, le sang-froid, et en même temps l'esprit de discipline et d'obéissance. Si

je ne savais que les métaphores sont toujours chose dan-
gereuse, je me hasarderais à dire que votre éloquence a
gardé quelque chose de l'épée que vous avez si longtemps
portée au côté. Elle en a la trempe qui dure, l'éclat qui
brille. Mais elle n'en a ni le froid, ni le tranchant, car tout
en étant chaleureuse, elle sait cependant demeurer cour-
toise, et ce n'est pas un de ses moindres mérites, au cours
de tant de discussions ardentes, de n'avoir jamais blessé
personne.

A ces treize ans, où vous avez servi, comme officier
de chasseurs, de dragons et de cuirassiers, vous devez
encore quelque chose : c'est je ne sais quels accents, à la
fois fiers et émus, qui montent de votre cœur à vos lèvres
toutes les fois que vous parlez des choses militaires. Vous
n'avez laissé échapper aucune occasion de le faire. Lorsque
s'est ouverte devant le Corps législatif la discussion de la
loi qui, en réduisant à trois ans la durée du service, devait
modifier si profondément, non seulement les éléments dont
se compose, mais encore l'esprit dont s'imprègne l'armée
de nos jours, vous n'avez pas voulu laisser passer cette
loi sans adresser un dernier salut, le salut de l'épée au
cercueil, à cette armée d'autrefois dans les rangs de laquelle votre jeunesse s'était écoulée. Je ne puis résister
au plaisir de rappeler en quels termes vous l'avez fait.

Vous avez parlé d'abord de ces régiments d'Afrique
qui étaient des familles, où l'on se transmettait de génération en génération des légendes de gloire, de « cette fierté
qui saisissait les âmes au récit de ces grandes choses, et
de l'air de tous ces visages, quand l'escadron, en marche
sur un sentier d'Algérie, s'arrêtait tout à coup devant une

pierre, un buisson marqué par le souvenir d'un combat où
le régiment avait donné, pour faire front et présenter le
sabre. » Puis, vous animant peu à peu au contact d'une
Chambre déjà vibrante et ravie, vous avez continué ainsi :
« Il y a, — nous avons bien le droit d'évoquer ces souvenirs, — il y a, sur le plateau d'Amanvilliers, une route
qui monte à Saint-Privat-la-Montagne : elle s'appelle
encore le chemin funèbre de la garde royale. C'est là que
l'élite de l'armée allemande est tombée dans un combat de
géants, et, si je me laissais aller, combien d'autres souvenirs héroïques se presseraient dans ma mémoire, depuis
Wissembourg et Reichshoffen jusqu'à cette charge de
Sedan dont je ne puis parler, moi, qu'avec des larmes dans
les yeux, parce que la moitié du régiment de chasseurs
d'Afrique où j'ai fait mes premières armes y a trouvé la
mort ; cette charge de Sedan qui arrachait au roi de Prusse
un cri pareil à celui de Guillaume d'Orange à Nerwinde :
« Oh ! les braves gens, » comme l'autre avait dit : « Oh !
l'insolente nation. »

À ce magnifique langage répondait une double salve
d'applaudissements partie de tous les bancs de la Chambre.
Le Président lui-même, du haut de son siège, s'associait
à cet hommage, et c'est ainsi, Monsieur, que votre cœur
militaire, vous a valu le plus beau de vos triomphes ora-
toires.

C'est à la Bretagne que vous devez d'avoir pu prendre
aux débats de nos assemblées une part aussi brillante.
Une année s'était à peine écoulée depuis votre démission que, par une compensation inattendue, un de ses plus
fiers départements vous confiait le mandat de le représen-

ter. Malgré une indigne pression qui fut à plusieurs reprises exercée contre elle, cette province fière et fidèle ne vous en a pas moins, depuis vingt-trois ans, assuré presque sans interruption un siège au Parlement, et si, depuis votre première élection dans le Morbihan, les évolutions de la politique ont été cause que vous avez dû changer de Bretons, elle n'en a pas moins, à juste titre, continué de mettre en vous sa confiance pour défendre ce qu'elle place au-dessus de toute chose : sa foi.

Son attente n'a pas été trompée, car personne n'a ressenti avec plus de vivacité que vous les blessures infligées depuis vingt ans à la conscience des catholiques, et ne s'est fait avec autant d'éclat l'écho de leurs plaintes. Quand je devrais vous accabler sous les louanges, souffrez que je vous fasse encore honneur d'avoir protesté sans trêve contre les attentats successifs d'une politique sectaire dont le début a été d'expulser les religieux des couvents, les sœurs des hôpitaux, qui à Paris jetait les crucifix au tombereau, à Château-Villain tirait des coups de pistolet sur des jeunes filles coupables de s'être réunies pour prier sans l'autorisation du préfet ; qui, après avoir couronné son œuvre en chassant Dieu de l'école, voulait hier encore, rayer son nom de nos monnaies, et qui continue sous nos yeux de suspendre arbitrairement le traitement des ministres du culte, et de faire vendre à l'encan le bien des pauvres. Dans un de vos plus incisifs discours vous avez accusé cette politique d'être à la fois violente et mesquine. Depuis quelque temps, il faut le reconnaître, la violence semble avoir pris fin. Plaise à Dieu que l'avenir nous apporte bientôt la fin de la mesquinerie !

Dans le passé du moins, grâce à vous, la violence n'a pas triomphé sans conteste. Je ne crois pas que dans aucun des plus vigoureux discours de Montalembert (je cite à dessein ce grand orateur à qui vous avez été souvent comparé), on trouvât une page supérieure par le mélange de la véhémence, de l'ironie et du pathétique, à la réplique improvisée par vous le jour où, à des propositions de paix et d'alliance d'autant plus inattendues qu'elles venaient de l'ancien ministre qui avait déchaîné lui-même en France la guerre religieuse, vous avez répondu : Jamais !

Ce serait cependant diminuer votre mérite que de voir seulement en vous ce que les Anglais appellent un *debater*, c'est-à-dire un orateur redoutable dans la discussion, ardent à l'offensive, prompt à la riposte, mais qui ne s'élèverait pas volontiers jusqu'aux idées générales. Vous êtes en même temps un homme de théorie et de foi, un doctrinaire catholique. Vous avez aux plus graves problèmes des solutions toutes trouvées, et vous professez des opinions très arrêtées non seulement sur les choses philosophiques et religieuses, mais sur la constitution de l'État, sur les rapports qu'il doit entretenir avec l'Église, sur la nature et la mesure des libertés qu'il doit accorder au citoyen, en un mot sur les plus importantes questions qui, de tout temps, ont été livrées aux disputes des hommes, mais en particulier, à ce qu'il semble, aux disputes des hommes de notre temps. Ce serait méconnaître la valeur de ces solutions que de ne pas les rappeler, lors même que je ne me trouverais par là conduit à accuser de légères dissidences. Peut-être avez-vous entendu dire que, de directeur à récipiendiaire, nos usages souffrent certains épigrammes. Vous n'avez, Monsieur, rien de pareil à redouter de moi. Mon estime pour vous est trop haute, mon amitié trop ancienne, et puisque d'accord sur le plus grand nombre des points, il en est un ou deux au plus sur lesquels nous différons, j'aime mieux vous le dire avec franchise que vous le faire entendre avec finesse.

Si je vous ai bien compris, c'est pour sortir de cette crise morale et intellectuelle où les désastres de la guerre et les horreurs de la Commune avaient plongé votre esprit que vous avez demandé à l'histoire de la patrie le secret de ses malheurs ; et lorsque vous avez recherché comment un si grand pays avait pu tomber de si haut, comment cette France, sans la permission de laquelle, au dire d'un roi de Prusse, pas un coup de canon n'aurait dû être tiré en Europe, était arrivée à ce point d'entendre tirer le canon prussien sous les murs de sa capitale, puis de tourner contre elle-même ses propres armes, vous n'avez trouvé à cette question qu'une seule réponse, et dans cette histoire qu'un seul fait qui pût expliquer un pareil renversement de fortune. Ce fait, c'était la Révolution française. A vos yeux, la Révolution ce n'est pas seulement — j'emploie autant que possible vos propres expressions — le « massacre des prêtres, le pillage des églises, le meurtre, la proscription, l'attaque à toutes les traditions du passé, et aux institutions séculaires d'une nation ». Vous lui reprochez encore d'avoir détruit l'ancienne organisation du travail sans la remplacer, et, en supprimant la corporation pour proclamer la liberté, d'avoir plongé les travailleurs dans la misère, et « substitué une inégalité à une autre, un esclavage d'un nouveau genre à celui des temps passés ». Depuis elle, « l'ardeur de la spéculation, envahit tout ; la lutte sans merci a pris la place de l'émulation féconde ; la petite industrie est écrasée ; le travail personnel tombe en décadence ; les salaires s'avilissent ; le paupérisme s'étend comme une lèpre hideuse ; l'ouvrier exploité sent germer dans son cœur le ferment d'une haine implacable. Il n'a d'asile que dans la résistance et de recours que dans la guerre. » Mais ces désastreux effets de la Révolution ne vous surprennent point. Ils sont la conséquence de son principe qui est l'insurrection de l'homme contre Dieu. Elle incarne à vos yeux le Génie de la révolte, et ce Génie funeste s'est attaqué victorieusement à l'Église. Il n'a pas seulement affranchi l'État de son autorité ; il a encore soustrait la société à son influence. De là notre instabilité politique. De là aussi nos souffrances sociales. Si la France est amoindrie, divisée, en proie aux haines, et parfois aux luttes sanglantes, c'est la Révolution qui est à vos yeux la grande et unique coupable.

Un homme aussi résolu que vous, arrivé par le travail et la méditation à cette conviction réfléchie, ne pouvait hésiter sur le devoir à remplir. Le devoir était de s'attaquer à la Révolution, comme la Révolution s'était attaquée à l'Église. Aussi, brave comme un soldat qui a déjà vu le feu, êtes-vous parti en campagne dès votre premier discours, avec les Cercles catholiques pour armée, la Contre-révolution pour mot d'ordre, et la Révolution pour ennemie. Au fond, vous n'avez jamais posé les armes, et ce que vous avez dit tout à l'heure de la Révolution, en termes adoucis qui convenaient à la circonstance et au lieu, n'est pas autre chose que le dernier écho de votre premier cri de guerre.

Je ne me sens point d'humeur, Monsieur, à prendre contre vous la défense de la Révolution française. Je lui veux trop de mal d'avoir brisé la chaîne d'une tradition dont sept siècles avaient forgé les anneaux, et livré la France aux aventures périlleuses de tant de gouvernements successifs pour m'émouvoir beaucoup quand j'entends porter contre elle des accusations qui ne me paraissent pas toutes également fondées. Aussi ne veux-je pas rechercher si la condition des travailleurs sous l'ancien régime ne vous apparaît pas sous un aspect un peu idyllique, si beaucoup de souffrances que nous croyons nouvelles ne demeuraient pas autrefois tout simplement ignorées, et si la grande différence du passé au présent n'est pas surtout celle du silence à la plainte.

Laissons plutôt le passé à sa cendre pour parler du présent dont je serais tenté de prendre un peu contre vous la défense. Ce n'est pas cependant, croyez-le bien, que je ne partage votre compassion pour les misères dont vos enquêtes vous ont rendu trop souvent témoin. Oui, la pensée que loin de nous, au-dessous de nous, cachée à nos yeux distraits par le voile brillant de la civilisation, toute une foule d'êtres humains végète dans l'obscurité et dans la tristesse ; qu'à ces êtres innombrables, nos plaisirs sont inconnus, comme nous sont inconnues leurs épreuves ; que pour eux nos joies les plus pures sont des anxiétés, tandis que nos privations seraient du bonheur, et que nous n'avons de commun avec eux que ces deux éternelles souffrances de l'humanité : la maladie et la mort, une telle pensée est insupportable. Quand elle a pénétré dans une âme, elle n'en sort plus : elle obsède la conscience ; elle

gâte les jouissances ; elle trouble la paix des jours et le
repos des nuits. Ce sera l'honneur de notre fin de siècle,
d'en avoir été émue plus qu'aucune autre époque. Mais si
le nombre de ces déshérités du bonheur demeure toujours
trop grand, est-il exact cependant de dire que leur situation s'aggrave de jour en jour. Ne pourrait-on pas prou-
ver au contraire par des faits qu'il y a, si l'on se reporte à
soixante ans en arrière, un lent progrès du bien-être, et que
la grande majorité des travailleurs est aujourd'hui plus
payée, mieux nourrie et mieux logée qu'elle ne l'était par
exemple en 1840, au temps des douloureuses enquêtes de
Blanqui et de Villermé.

N'est-ce pas également une vue des choses un peu sombre
que de représenter l'universalité du monde ouvrier comme
dévorée par la haine, frémissant sous le joug et contenue
seulement par la force. Sans doute ces sentiments existent
dans quelques agglomérations malades, et nous en voyons
de temps à autre la déplorable explosion. Mais s'ils étaient
(ce que je ne crois pas) aussi universels que vous le sup-
posez, ne faudrait-il pas accuser parfois ceux qui les éprou-
veraient d'un peu d'ingratitude, lorsque tant d'efforts
sont tentés par ceux qui les emploient pour adoucir
la dureté de leur condition, lorsque tant de patrons, tant
de sociétés détournent au profit d'institutions qui sont
consacrées exclusivement à leurs salariés une part de leurs
profits légitimes. Heureusement, ce reproche d'ingratitude ne serait point toujours justifié, et le nombre est
grand des exploitations industrielles où, entre patrons et
ouvriers, la cordialité se traduit parfois par les manifesta-
tions les plus touchantes, où ces questions toujours déli-

cates du départ à faire entre la rémunération équitable du travail et le bénéfice nécessaire du capital, se résolvent dans un esprit de conciliation et d'équité. Ne négligeons pas de tourner de temps à autre les yeux vers ces réconfortants spectacles, et combien ils seraient plus fréquents si les ferments de haine enfouis dans les couches profondes de toute société n'étaient cultivés avec soin par ceux qui font leur carrière des discordes civiles, qui, dès qu'un conflit s'élève entre un patron et ses ouvriers, s'élancent, d'un bout à l'autre du territoire, pour l'envenimer, et qui ont inventé dans notre démocratie un métier nouveau et funeste : celui de commis voyageurs en grève.

Vous êtes, Monsieur, l'ennemi déclaré de ces détestables errements, car vous cherchez au contraire le remède aux souffrances sociales dans le rapprochement des classes. Sur cette question des remèdes j'ai la satisfaction, ou peu s'en faut, de m'entendre avec vous. Je vous concède en effet bien volontiers que la Révolution a joint une lourde faute à beaucoup de crimes quand, après avoir proclamé (sur ce point je ne saurais penser qu'elle a eu tort) le principe de la liberté de travail, elle a interdit aux travailleurs de se concerter et de s'associer pour la défense de leurs intérêts communs. Pourquoi faut-il que tous nos gouvernements se soient transmis religieusement l'héritage de cette faute en l'aggravant, et en étendant à tous les citoyens l'interdiction, qui avait frappé d'abord les seuls travailleurs. Je m'unis donc à vous pour hâter de nos vœux le vote d'une loi intelligente, qui accorderait à tous les citoyens, quelque opinion qu'ils professent, quelque habit qu'ils portent, la liberté d'association, cette liberté nécessaire, comme l'appelait si bien, dans son dernier écrit, le prince éclairé et patriote dont vous avez pu apprécier comme moi, Monsieur, la haute valeur morale, que les petits-fils de la Révolution ont exilé deux fois, et à qui ils ont refusé la consolation suprême de mourir dans le pays qu'il aimait.

Il est un autre remède dans lequel vous avez proclamé tout à l'heure votre confiance : c'est la législation sociale. Cette confiance, je dois vous confesser que je ne l'éprouve pas au même degré. Vous avez parlé des ouvrières. Comment ne l'auriez-vous pas fait lorsque leur douloureuse condition a inspiré à M. Jules Simon un de ses plus beaux ouvrages? Après avoir rappelé leurs souffrances (et ce n'est pas moi qui les contesterai), vous avez déclaré avec force qu'il ne suffit pas d'admirer leur résignation, mais qu'il faut les sauver, et qu'il est nécessaire pour cela « que la loi intervienne au nom de la justice ». Oh! que je voudrais, Monsieur, partager ici votre foi. Que je voudrais penser, que tel ou tel article de loi peut guérir ces trois plaies qui rongent l'ouvrière, l'insuffisance du salaire, la fréquence du chômage, et la concurrence de la machine Comme je vous envierais, à vous députés, le droit de déposer dans une urne le petit morceau de carton blanc qui opérerait cette cure merveilleuse. Mais l'expérience ne me paraît pas avoir encore démontré l'efficacité de ces remèdes parlementaires.

En 1878, l'Angleterre votait un acte qui environnait le travail des femmes de mesures protectrices dont notre législation n'a pas osé reproduire la minutie. Quelques années après, une enquête loyale révélait au public indigné les drames de ce *sweating system* dont notre langue française n'a pas de mot pour traduire l'horreur. Dans notre pays, une loi récente, que je ne critique pas, a interdit aux femmes le travail de nuit. Au dernier congrès de la Société d'économie sociale, un patron, humain, consciencieux, partisan de cette loi, était interrogé sur ses conséquences dans l'industrie de la couture. Il était obligé de reconnaître que, si elle avait mis un terme aux abus de la veillée, d'autre part, elle avait fait quelque peu baisser le salaire moyen déjà très faible ; de telle sorte que la question se ramène à savoir si la loi fait plus de bien à l'ouvrière en ménageant ses forces que de mal en diminuant son salaire (1). Les mesures législatives par lesquelles on prétend régler les conditions du travail exercent souvent ainsi des répercussions dont ces pauvres économistes, contre lesquels vous nourrissez tant de griefs, sont moins surpris que les législateurs. Sans me piquer de leur science, je redoute avec eux ces répercussions, et je mettrai davantage ma confiance en un autre remède sur lequel j'aurai du moins le plaisir de me trouver en parfait accord avec vous, c'est l'influence sociale de l'Église.

L'Église ! Au moyen âge, dites-vous, elle était une mère ! Pourquoi ne le redeviendrait-elle pas ? Vous avez raison, Monsieur ; c'est bien sous ces traits qu'il faut la faire apparaître, investie de cette douce et seule autorité, apportant dans ses bras la charité et la paix. Je sais tout le prestige qu'a perdu ce vieux mot de charité, puisque quelques-uns de ceux dont c'était l'habitude de le prononcer semblent aujourd'hui en rougir, et puisque d'autres ont

____

(1) *La Réforme sociale* de juillet 1897, page 73.

tenté de le remplacer par un équivalent. Il faut convenir que jusqu'à présent ces tentatives n'ont pas été heureuses. On a essayé de *philanthropie*; on y a renoncé, parce que le mot sentait son pédant; on a essayé ensuite d'*altruisme*; on y a renoncé parce qu'il sentait son barbare. Aujourd'hui c'est le terme de solidarité qui paraît l'emporter, sans doute pour avoir eu, l'année dernière, en pleine Sorbonne, les honneurs d'une promotion officielle. Va pour solidarité, bien que le mot sente un peu son jurisconsulte, et qu'il exhale un vague parfum de code civil : livre III, titre III, articles 1197 et suivants. Mais je n'aperçois pas en quoi cette expression nouvelle l'emporte sur le vieux vocable qui fut si longtemps familier à nos pères, et, pour avoir été prononcé pendant dix-huit siècles par des bouches chrétiennes, qui oserait dire qu'il en soit devenu pour cela moins pur et moins doux. Distinguée de la trop facile aumône, entendue au sens profond et étymologique du mot, qui rappelle l'idée d'amour, la charité peut, je crois, d'une façon beaucoup plus efficace que la législation, tempérer par son action incessante la dureté des lois économiques, et empêcher, comme le voulait avec vous M. Jules Simon, que l'humanité ne soit sacrifiée à la liberté. Aux conséquences brutales de l'offre et de la demande, elle oppose en effet l'obligation morale du juste salaire qui n'abuse point de la détresse de l'ouvrier, et tient compte de ses besoins légitimes. Elle proclame hautement que, si le travail est une marchandise, il n'en est pas de même du travailleur, et que celui qui paye équitablement le prix de la marchandise n'en est pas quitte pour cela avec ce créancier d'un nouveau genre vis-à-vis duquel

lui reste encore des devoirs à remplir. Elle rappelle à ceux
qui détiennent les biens de ce monde qu'ils sont comp-
tables de leur emploi aux yeux du Maître qui les leur a dis-
pensés, et qu'ils doivent en prélever la dîme au profit de
ceux qui en sont dépourvus. Elle adoucit l'âpreté des
luttes inévitables; elle panse les plaies des vaincus, et impose la mansuétude aux vainqueurs. Elle est enfin la meilleure garantie de la vraie liberté, car elle parle au nom de
Celui, comme une femme l'a dit dans un vers admirable :

Dont les deux bras cloués ont brisé tant de fers.

Si j'osais, je dirais que quelques-uns des ministres de
l'Église feraient sagement de continuer à en rappeler les
préceptes et à en donner l'incessant exemple, plutôt que
de s'appliquer avec trop d'ardeur à la discussion de problèmes économiques dont la solution est souvent incertaine, et où la moindre erreur compromettrait en aparence
l'autorité de l'Église elle-même. Personne ne saurait leur
disputer ce noble rôle. De même qu'il y a quelques
années, à Fourmies, un brave curé, inconnu la veille,
célèbre le lendemain, se jetant entre les ouvriers et la
troupe, offrait sa soutane aux balles, de même ils seront
toujours à leur place lorsque, sans avoir pris parti d'avance
ni pour les uns ni pour les autres, ils se jetteront entre
patrons et ouvriers aux prises, en s'adressant à la conscience des uns, à la sagesse des autres, mais en rappelant avec force à ceux qui l'emportent par la richesse et
les lumières que leur responsabilité morale est en proportion directe de leurs lumières et de leur richesse. On
peut les empêcher d'apporter à l'enfant assis sur les

bancs de l'école les enseignements qui le prépareraient à
la vie, ou au malade étendu sur un lit d'hôpital les con-
solations qui l'aideraient à accepter la mort, mais on ne
peut leur défendre de prêcher ni de pratiquer la charité,
et de rétablir ainsi l'influence sociale de l'Église.

Ce rôle, si grand qu'il soit, ne suffit pas cependant à
votre ambition pour elle. Vous souhaitez encore pour
l'Église l'autorité politique; non point sans doute l'autorité directement exercée, mais l'influence ouvertement subie. Toujours vous avez déclaré vouloir pour la France
un gouvernement qui acceptât d'être le soldat de l'Église,
et, suivant une pittoresque expression que vous avez em-
pruntée à saint Louis, « le sergent du Christ ». C'est là une
conception du rôle de l'État qui, de notre temps, a donné
lieu a beaucoup de controverses. Vous vous étonnerez
d'autant moins de m'entendre accuser ici une légère différence que, sur ce même point, dans une certaine mesure,
vous différez aujourd'hui de vous-même. Longtemps il
vous a semblé que ces fonctions de « sergent du Christ »
ne pouvaient être exercées dans notre pays par aucun
autre pouvoir que par la vieille monarchie dont le chef
acceptait d'être qualifié d'évêque du dehors. Dans un
de vos plus célèbres discours, — c'était à Vannes, je crois,
— vous avez même trouvé, pour célébrer les bienfaits et la
fécondité de cette alliance, des accents dont aucun avocat
de la même cause n'est parvenu à égaler l'éloquence.
Aujourd'hui il vous semble que tout gouvernement,
quelque soit sa forme, peut être investi de cette haute mission. C'est tout récemment que vous vous êtes rallié à
cette doctrine plus large et moins absolue. Chacun sait

quelles directions ont agi sur votre esprit, quels scru-
pules ont pesé sur votre conscience. Il n'en est ni de
plus augustes ni de plus respectables. Vous vous êtes
publiquement exprimé à ce sujet avec une dignité, avec
une mesure, avec une tristesse qui auraient dû désarmer
bien des rancunes, si les rancunes de parti savaient désarmer. Vous en référant à quelques-unes des plus belles
pages que notre confrère Melchior de Vogüé ait écrites,
vous vous êtes comparé vous-même à ce Silvanus dont
il a exhumé le poétique testament, et qui, entraîné par un
navire loin du rivage natal, sentait la moitié de son âme
retenue au passé et l'autre moitié entraînée vers l'avenir.
Ceux qui demeurent obstinément sur le rivage abandonné
n'ont pas vu s'éloigner sans regrets un homme tel que
vous; mais à une certaine mélancolie qui semble depuis lors
vous avoir envahi, parfois à vos paroles, plus souvent à
votre silence même, ils croient deviner que de ces deux
moitiés de votre âme, la meilleure est restée avec eux,
et que votre joie serait sans réserve, le jour où quelque
vent propice ramènerait à ce même rivage le navire qui
vous emporta.

Quant à la conception elle-même, quant à l'alliance
étroite entre l'Église et l'État, qu'il s'agisse de la monarchie ou de toute autre forme de gouvernement, je vais sans
doute vous étonner, Monsieur, mais je ne l'ai jamais
souhaitée, je ne la souhaiterai jamais. Assurément je ne
méconnais ni en théorie la grandeur de la thèse, ni en fait
le prestige que la France s'est acquis et qu'il dépend d'elle
de conserver en protégeant par tout l'univers la clientèle
catholique. Mais à notre époque, et dans les questions de

politique intérieure, cette alliance me paraît également
dommageable au Gouvernement qui la conclut et à l'É-
glise qui l'accepte. Deux fois au cours de ce siècle l'expérience a prononcé. Jamais l'Église de France n'avait uni
d'une façon plus intime ses intérêts à ceux de l'État que
durant toute la durée de la Restauration et les premières
années du second Empire. Jamais elle n'a été plus impo-
pulaire qu'au lendemain de leur chute, car elle a été
considérée comme la complice de leurs fautes. Pendant
toute la durée du régime de Juillet, elle avait gardé au
contraire une attitude dont l'indépendance allait parfois
jusqu'à l'hostilité. Au lendemain de la révolution où s'a-
bîma ce régime, le clergé était appelé et se prêtait, peut-
être avec un peu trop d'empressement, à bénir les arbres
de la liberté.

Plutôt que d'osciller ainsi entre la faveur et la malveil-
lance, ne vaut-il pas mieux pour l'Église s'en tenir à l'exacte
observation du pacte célèbre qui a été conclu au commen-
cement du siècle, et conserver vis-à-vis des pouvoirs pu-
blics, quelle que soit leur étiquette, l'attitude d'une juste
déférence, ne manquant à aucun des égards qui leur sont
dus, exigeant tous ceux auxquels elle a droit, ne négli-
geant aucun des devoirs que le pacte lui impose, ne
laissant violer aucun des droits qu'il lui confère. Cette
attitude me paraît avoir été admirablement définie par
Lacordaire lorsque, consulté au lendemain du coup d'État
de 1851, il répondait : « Nous devons faire le strict nécessaire, et rien de plus : le nécessaire parce que notre
principe est la neutralité en politique ; rien de plus, parce
que la dignité et le respect de toutes les convictions hon-

nêtes sont un principe qui nous dirige et doit nous diriger
constamment... Nous avons vu et nous verrons passer
bien des gouvernements; nous ne devons être systémati-
quement hostiles à aucun, mais respecter ce qu'ils font
de bien, et respecter aussi en leur présence tous nos droits
et tous nos devoirs (1). »

J'aime à relever ce langage dans la bouche du fier
moine qui mourut chrétien pénitent et libéral impénitent.
Dépasser la mesure qu'il indique, apporter à tous les
gouvernements successifs, avec un égal empressement, une
égale allégeance, ce serait, suivant une expression hardie,
que j'ose lui emprunter encore, « faire des catholiques
les humbles valets de tous les avènements favorisés par le
sort ». Personne ne saurait vouloir leur imposer ce rôle
humiliant.

S'il arrivait, cependant, qu'un gouvernement quelconque,
mécontent de ne pas rencontrer chez les ministres du
culte plus de concours et de docilité, trouvât que pour lui
les avantages du pacte n'équivalent pas aux charges, et s'il
offrait à l'Église de France de dénouer à l'amiable les liens
qui l'attachent à l'État, en lui assurant une indépendance
garantie par des lois libérales, c'est une question pour le
moins douteuse de savoir si l'Église ne trouverait pas dans
la conquête de cette indépendance une ample compensation au sacrifice de ses privilèges. Je comprends que ceux
qui ont qualité pour parler en son nom ne fassent rien
pour provoquer un changement aussi profond dans nos
lois et nos mœurs. Sa politique sage n'a point coutume

---

(1) Lacordaire, *Lettres inédites*, page 399.

de courir les aventures. Mais je ne comprendrais point qu'ils s'en effrayassent outre mesure, et, je ne redouterais pas beaucoup pour elle le jour où elle échangerait des faveurs qui lui sont marchandées contre le droit commun dans la liberté.

L'expérience d'autres nations atteste, en effet, combien la liberté lui est généralement favorable. C'est grâce à la liberté que les catholiques de Belgique ont pu obtenir et exercer le pouvoir depuis quatorze ans, sans porter atteinte à aucun de ces droits dont la société moderne se montre avec raison si jalouse. C'est grâce à la liberté que les catholiques d'Angleterre ont conquis leur place au grand jour dans ce pays où un cri de haine contre la papauté fut si longtemps une sorte de devise nationale, et qu'ils ont pu conduire naguère, dans les rues de Londres attristé, les funérailles solennelles d'un cardinal populaire. C'est grâce à la liberté que les catholiques des États-Unis ont vu, en un siècle, leur nombre passer de quarante mille à onze millions, leurs évêques d'un seul à quatre-vingt-quatre, leurs prêtres de trente à onze mille, qu'ils ont couvert le territoire de leurs églises, de leurs écoles, de leurs établissements charitables, et que, dans cette grande démocratie où leurs ministres jouent un rôle si intelligent, ils constituent aujourd'hui la plus unie, la plus puissante et presque la plus nombreuse des communautés chrétiennes.

Ce serait faire injure aux catholiques de France de douter qu'ils soient capables d'autant de dévouement et de générosité et d'efforts. Et s'il arrivait que cette séparation entre l'Église et l'État français, au lieu d'être préparée par un arrangement équitable, fût le brusque

résultat de la colère ou du caprice d'une majorité parlementaire ; si, au lieu d'être précédée des restitutions et entourée
des garanties nécessaires, elle laissait l'Église victime
tout à la fois des spoliations passées et des tyrannies
présentes, sans doute ce serait une épreuve qu'aucun de
ses enfants ne saurait souhaiter pour elle, car ce serait,
pour ses ministres comme pour ses fidèles, un temps de
persécutions et d'angoisses. Mais ma fierté de catholique
n'hésite pas à affirmer que de cette épreuve elle sortirait
victorieuse, et que le souffle de l'orage ne l'ébranlerait
même point, appuyée qu'elle demeurerait toujours sur
l'antique solidité de son principe et sur l'éternelle jeunesse
de sa foi.

Cette confiance dans la liberté n'aurait point paru exces-
sive à l'illustre confrère dont vous venez de parler si bien,
car il était libéral jusqu'aux moelles. Son culte pour la
liberté fait l'unité de sa vie, comme les métamorphoses de
son talent montrent la souplesse de son esprit. Je ne con-
nais rien de respectable comme le spectacle de cette vie,
rien d'instructif comme l'histoire de cet esprit. M. Jules
Simon est né en Bretagne, dans une petite maison ; il est
mort à Paris, dans un petit appartement après avoir été
tour à tour ou à la fois maître d'études, professeur, philosophe, député, sénateur, ministre et journaliste. Mais
son existence fut uniforme par la probité, le désintéres-
sement, la constante préoccupation du devoir à remplir et
le parfait dédain de tout avantage personnel. Il entrait au
pouvoir avec indifférence ; il en sortait sans regrets, et, en
toute circonstance, il aurait toujours été prêt, comme il
le fit en 1851, à sacrifier le pain à l'honneur.

Son esprit au contraire était souple, ondoyant, divers,
tout en cachant sous des transformations apparentes, une
grande fixité de principes. Quant à son talent, il a pré-
senté ce phénomène unique d'acquérir avec l'âge des qualités qui sont d'ordinaire le privilège de la jeunesse.
L'écrivain avait commencé par être grave ; il a fini par être
brillant, et la plume du vieillard avait acquis une légèreté
que ne connaissait point celle du jeune homme. Même
transformation dans son talent oratoire. A ses débuts
dans les assemblées publiques, sa parole se ressentait des
habitudes un peu lentes de l'enseignement. A la fin, elle
était devenue vigoureuse et concise. L'éloquence fut à mes
yeux sa faculté maîtresse. Aussi, comme vous avez loué
surtout le philosophe et l'économiste, c'est de l'homme
politique que je voudrais parler après vous.

Au début de sa carrière publique, M. Jules Simon ap-
partint à cette opposition libérale de nom, républicaine
de fait, que la nécessité du serment préalable n'empêcha
pas de pénétrer dans les assemblées de l'Empire. Faibles
par le nombre, puissants par le talent, les députés qui
composaient ce groupe montrèrent de quel poids peut
peser sur les destinées d'un pays un petit noyau d'hommes
résolus, lorsque, dans un parlement, ils sont toujours sur
la brèche, et qu'ils ne laissent passer aucune discussion
sans y prendre part avec éclat. Ils contribuèrent sin-
gulièrement à saper cet édifice de l'Empire auquel sa
large base semblait assurer une assiette si solide, mais
dont l'écroulement devait être si rapide, car la base elle-
même était instable. Leur opposition fut probe, courageuse, spirituelle, désintéressée. Mais elle manqua, dans

une égale proportion, de mesure et de clairvoyance.

Par l'excès de leurs revendications, ils compromettaient la liberté qu'ils croyaient défendre. A un régime qui laissait l'existence des journaux à la discrétion du pouvoir, ils opposaient la liberté absolue de la presse pour laquelle ils réclamaient le droit à l'outrage. Comme remède à la dépendance de la magistrature ils demandaient l'élection des juges par le suffrage universel. A l'interdiction absolue de toute association, ils proposaient de substituer la liberté absolue de réunion et d'association sans frein ni contrôle. Leur politique extérieure n'était guère plus sagace. Le seul point sur lequel ils fussent d'accord avec le gouvernement était le principe des nationalités qui devait conduire à l'unité de l'Italie et de l'Allemagne. Mais, pour parer à l'insuffisance reconnue de nos forces militaires, ils proposaient l'abolition des armées permanentes, et leur remplacement par une vaste garde nationale à qui l'amour du drapeau aurait tenu lieu d'instruction théorique. Ils avaient baptisé eux-mêmes cette politique d'un nom : *les destructions nécessaires* (le mot n'est pas de M. Jules Simon), et ces destructions, c'étaient la magistrature, le clergé, l'armée! Aussi, entre un gouvernement aveugle qui construisait de ses propres mains le mur contre lequel il devait venir se briser, et une opposition non moins aveugle qui lui refusait les moyens de se défendre contre les périls qu'elle était la première à signaler, l'opinion impartiale pourrait-elle hésiter à faire le départ des responsabilités. Mais, à ce même gouvernement, dont l'imprudence et l'imprévoyance devaient recevoir un châtiment si terrible, d'autres et de plus sages conseils étaient en même

temps donnés, au nom de l'expérience de « trente-trois
années de monarchie constitutionnelle et libérale ». L'Académie a le droit de rappeler avec fierté que la sage politique des libertés nécessaires et des vieilles traditions di-
plomatiques de la France n'a cessé, dans les assemblées
de l'Empire, d'être professée avec éclat par deux hommes
dont le nom est pour elle une gloire : ces deux hommes
s'appelaient Berryer et Thiers.

Le pouvoir, auquel il eut le courage de ne pas se déro-
ber quand ses amis s'en emparèrent, fut pour M. Jules
Simon une excellente leçon de choses. A peine y avait-il
été, depuis quelques mois, porté par l'émeute qu'il se voyait
dans la nécessité d'imposer à un de ses collègues le respect
de la légalité. Dans la lutte qui s'engagea à Bordeaux entre
M. Jules Simon et M. Gambetta, le philosophe sut tenir
tête au tribun, égaré par l'exaspération du patriotisme.
Ce jour-là un homme de gouvernement se révéla en lui. Il
parut osciller quelques années entre d'anciennes doctrines
qui lui étaient demeurées chères et les maximes d'autorité
dont chaque jour lui démontrait davantage la nécessité.
Mais un esprit aussi éclairé devait bientôt reconnaître que
la théorie de la moindre action du pouvoir, qu'il avait dé-
veloppée dans sa préface de la *Politique radicale*, est en
France une erreur funeste, qu'un grand pays, centralisé,
façonné à l'obéissance par de longues années de traditions
monarchiques, voudra toujours être gouverné, qu'il se
trouble dès qu'il sent flotter les rênes entre les mains qui
le conduisent, et que les défaillances de l'autorité ne tar-
dent pas à être expiées par la liberté.

Sa résolution fut prise quand, il s'aperçut que la liberté

même était menacée, et il honora ses dernières années par l'opposition qu'il eut le courage de faire à son propre parti. Braver la colère de ses adversaires politiques est chose facile; pour peu qu'il s'y mêle quelque péril, les âmes fières y peuvent même goûter du plaisir. Braver le mécontentement de ses amis est chose plus pénible, et il y faut une vertu assez rare : le courage moral. M. Jules Simon eut ce courage. Les discours qu'il prononça au Sénat pour protester contre les atteintes portées à la liberté d'enseignement et à l'inamovibilité de la magistrature, ou pour empêcher la proclamation de l'athéisme officiel sont des œuvres de haute éloquence. Ils comptent parmi les plus beaux qui aient honoré la tribune française. Mais ils ne lui furent point pardonnés. Cette attitude indépendante et hardie fut, chez M. Jules Simon, d'autant plus méritoire qu'il n'était pas de ceux que la popularité laisse indifférents. Il savait cependant en faire le sacrifice à un idéal supérieur, et si ce sacrifice lui causa quelques regrets, si sa figure portait parfois l'empreinte d'une certaine tristesse, son langage public ne trahit jamais une ombre d'amertume.

Il trouvait une diversion à cette tristesse de ses dernières années dans son infatigable dévouement à la grande cause des misères sociales. Un des premiers il avait eu la gloire d'attirer l'attention sur ces misères. Il avait fait école, et plus n'était besoin de les décrire pour émouvoir la pitié publique. Il n'avait plus qu'à se préoccuper de les soulager. Il y consacra le reste de ses forces. Parfois on abusait de lui, mais il semblait s'être fait une loi de ne jamais refuser son concours aux œuvres qui le lui deman-

daient. Il leur faisait sans compter l'aumône de son cœur,
et les comblait, à défaut d'autres, des richesses de sa parole. Une circonstance particulière m'a rendu témoin de
sa dernière largesse. C'était devant la Commission chargée
par le Sénat d'examiner un projet de loi dont certaines
dispositions frappaient d'un droit exorbitant les legs faits
aux établissements charitables. Il avait voulu y comparaître
entouré des représentants de plusieurs sociétés de bien-
faisance, et il avait invité en particulier le fils du fondateur
de la Société de protection des Alsaciens-Lorrains à se
joindre à lui. Pendant une heure sa parole émue trouva les
accents les plus persuasifs et les plus nobles pour défendre
la charité, qu'elle fût exercée par des mains religieuses ou
laïques, et réclama pour elle avec éloquence la liberté du
bienfait. L'impression fut profonde, mais la voix était dé-
faillante, le geste languissant, et ce dernier triomphe de
la volonté sur la faiblesse a peut-être abrégé sa vie. Peu
lui importait : il savait que les jours de la terre ne valent
que par leur emploi, et que les forces de l'homme sont le
seul bien dont il ait le droit d'être prodigue, s'il les dé-
pense tout entières au service d'autrui.

Par de tels sentiments il appartenait à cette élite des
hommes de bien et de bonne foi à qui un si touchant appel
a été adressé, dans quelques-unes de ses plus nobles en-
cycliques, par le grand pontife dont l'action a été depuis
vingt ans si puissante dans le monde des intelligences,
dont la main habile a abaissé tant de barrières, et la pensée hardie ouvert au retour de tous les esprits libres de
si droites et faciles avenues. Son large cœur les convie
tous à ce grand œuvre du soulagement de la souffrance

humaine. Aucun travailleur de bonne volonté ne doit en
effet en être exclu. La moisson est trop grande et il n'y
aura jamais assez d'ouvriers. Aucune main, de quelque
côté qu'elle vienne, ne doit être repoussée si elle tente
d'essuyer quelques-unes des larmes qui, depuis l'origine
du monde, coulent sans trève des yeux de l'humanité.

Je suis certain, Monsieur, d'être en ce point d'accord
avec vous, comme avec M. Jules Simon, et toutes dissidences s'effacent, toutes nuances se perdent dans cette
pensée commune de concorde et de charité.

Paris. — Typ. Firmin-Didot et Cⁱᵉ, impr. de l'Institut, rue Jacob, 56. — 35059.

www.ingramcontent.com/pod-product-compliance
Lightning Source LLC
LaVergne TN
LVHW010944210726
843510LV00013B/119